AF192589

La importancia de ser formal y de llamarse Ernesto

Comedia trivial para gente seria

OSCAR WILDE

WILDE, Oscar: *La importancia de ser formal y de llamarse Ernesto. Comedia trivial para gente seria*, Ediciones 19, Madrid, 2025, 190 pp. Traducción y epílogo de Julio Gómez de la Serna. 10,5x15 cm.

© EDICIONES 19 © de los textos e imágenes, sus autores. Depósito legal: M-13301-2025

Papel ISBN 978-84-19159-90-8 **EAN** 9788419159908

Digital ISBN: 978-84-19159-91-5 **EAN** 9788419159915

Una vez superados los gastos de producción, los derechos de autor correspondientes a este libro serán donados a *Cáritas*.

Queda prohibida la reproducción total o parcial de este libro por cualquier medio o procedimiento, comprendidos la reprografía, el tratamiento informático y la distribución de ejemplares digitales mediante alquiler o préstamo público sin permiso previo y por escrito. Todos los derechos reservados.

INFORMACIÓN ediciones19@gmail.com

VENTA EN **PAPEL**: Librerías en España. Además:

grupoediciones19.bajodemanda.com

Península Ibérica, Canarias y Baleares https://www.agapea.com/

Argentina *CUSPIDE http://www.cuspide.com/ *MANDRAKE mandrakelibros.com.ar *OZONUM Mercado Libre https://listado.mercadolibre.com.ar/

Brasil *O ATENEUM www.oateneum.com.br

Colombia *LEMOINE EDITORES www.librosyeditores.com *BIBLIOSTORE Mercado Libre https://listado.mercadolibre.com.co/ *LIBRERIA DE LA U www.libreriadelau.com

Chile *BIBLIOSTORE CHILE - Mercado Libre https://www.mercadolibre.cl/ *Voy a Leer www.voyaleer.cl / *WePrint

Ecuador *POWER STORE BOOKS www.powerstorebooks.com *THE BOOKS LINK www.thebookslink.com

Estados Unidos: *Ingram-US

Guatemala *SOPHOS

Méjico *BIBLIOSTORE México - Mercado Libre https://www.mercadolibre.com.mx/ *Librerías GANDHI www.gandhi.com.mx/ *Librerías GONWIL www.gonvill.com.mx

Perú *ALEPH IBD (Mercado Libre) https://listado.mercadolibre.com.pe/ *Librería SBS https://www.sbs.com.pe

Uruguay *MERCADOLIBROS (Mercado Libre) https://mercadolibros.uy/ *PALACIO DEL LIBRO S.A. www.libreriapocho.com.uy

DIGITAL: https://www.casadellibro.com/

¿Desde dónde se pueden comprar los eBooks?

España, Portugal, Austria, Alemania, Argentina, Bélgica, Chile, Chipre, Colombia, Eslovaquia, Eslovenia,Estonia, Finlandia, Francia (Guayana Francesa, Guadalupe, Martinica, Reunión, San Pedro, Miquelón, Wallis y Futuna.), Grecia, Irlanda, Italia, Luxemburgo, México, Mónaco, Países Bajos, Polinesia Francesa, Reino Unido, Suiza.

ADEMÁS https://vivlio.casadellibro.com/

Argentina, Chile, Colombia, España, Francia, México y Reino Unido

La importancia de ser formal y de llamarse Ernesto

Comedia trivial para gente seria

ÍNDICE

A Roberto Baldwin Ross, con estimación y afecto.

PERSONAJES

Juan Worthing, J. P.
Algernon Moncrieff.
El Reverendo Canónigo Casulla, D. D.
Merriman, *mayordomo*.
Lane, *criado*.
Lady Bracknell.
La Honorable Gundelinda Fairfax.
Cecilia Cardew.
Miss Prism, *institutriz*.

Acto primero

Decoración: propia de la época (finales del XIX). Saloncito íntimo en el piso de Algernon, en Half-Moon-Street (Londres W). La habitación está lujosa y artísticamente amueblado. Óyese un piano en el cuarto contiguo. LANE está preparando sobre la mesa el servicio para el té de la tarde, y después que cesa la música entra ALGERNON.

- ALGERNON. -¿Ha oído usted lo que estaba tocando, Lane?

- LANE. -No creí que fuese de buena educación escuchar, señor.

- ALGERNON. -Lo siento por usted, entonces. No toco correctamente -todo el mundo puede tocar correctamente-, pero toco con una expresión admirable. En lo que al piano se refiere, el sentimiento es mi fuerte. Guardo la ciencia para la Vida.

- LANE. -Sí, señor.

- ALGERNON. -Y, hablando de la ciencia de la Vida, ¿ha hecho usted cortar los *sandwiches* de pepino para lady Bracknell?

- LANE. -Sí, señor. *(Los presenta sobre una bandeja.)*

- ALGERNON. *(Los examina, coge dos y se sienta en el sofá.)* -¡Oh!... Y a propósito, Lane: he visto en su libro de cuentas que el jueves por la noche, cuando lord Shoreman y míster Worthing cenaron conmigo, anotó usted ocho botellas de *champagne* de consumo.

- LANE. -Sí, señor; ocho botellas y cuarto.

- ALGERNON. -¿Por qué será que en una casa de soltero son, invariablemente, los criados los que se beben el *champagne*? Lo pregunto simplemente a título de información.

- LANE. -Yo lo atribuyo a la calidad superior del vino, señor. He observado con frecuencia que en las casas de los hombres casados rara vez es de primer orden el champagne.

- ALGERNON. -¡Dios mío! ¿Tan desmoralizador es el matrimonio?

- LANE. -Yo creo que es un estado muy agradable, señor. Tengo de él poquísima experiencia, hasta ahora. No he estado casado, más que una vez. Fue a causa de una mala inteligencia entre una muchacha y Yo.

- ALGERNON. *(Lánguidamente.)* -No sé si me interesa mucho su vida familiar, Lane.

- LANE. -No, señor; no es un tema muy interesante. Yo nunca pienso en ella.

- ALGERNON. -Es naturalísimo y no lo dudo. Nada más, Lane; gracias.

- LANE. -Gracias, señor *(Vase* LANE.*)*

- ALGERNON. -¡Las ideas de Lane sobre el matrimonio parecen algo relajadas. Realmente, si las clases inferiores no dan buen ejemplo, ¿para qué sirven en este mundo? Como clases, parece que no tienen en absoluto sentido de responsabilidad moral. (Entra LANE.)

- LANE. -Míster Ernesto Worthing. *(Entra Jack: Vase* LANE.*)*

- ALGERNON. -¿Cómo estás, mi querido Ernesto? ¿Qué te trae a la ciudad?

- JACK. -¡Oh, la diversión, la diversión! ¿Qué otra cosa trae a la gente? ¡Ya te veo comiendo como de costumbre, Algy!

- ALGERNON. *(Severamente.)* -Creo que es costumbre en la buena sociedad tomar un ligero refrigerio a las cinco. ¿Dónde has estado desde el jueves pasado?

- JACK. *(Sentándose en el sofá.)* -En el campo.
- ALGERNON. -¿Y qué haces enterrado allí?
- JACK. *(Quitándose los guantes.)* -Cuando está uno en la ciudad, se divierte uno solo. Cuando está uno en el campo, divierte a los demás. Lo cual es extraordinariamente aburrido.
- ALGERNON. -¿Y quiénes son esas gentes a las que diviertes?
- JACK. *(Con tono ligero)* -¡Oh! Vecinos, vecinos.
- ALGERNON. -¿Has encontrado vecinos agradables en tu tierra del Shropshire?
- JACK. -¡Perfectamente molestos! No hablo nunca con ninguno de ellos.
- ALGERNON. -¡De qué modo más enorme debes divertirles! *(Se levanta y coge un «sandwich».)* A propósito, ¿el Shropshire es tu tierra, verdad?
- JACK. ¿Eh? ¿El Shropshire? - Sí, claro, es. ¡Hola! ¿Por qué todas esas tazas? ¿Por qué esos *sandwiches* de pepino? ¿Por qué ese

loco derroche en un hombre tan joven? ¿Quién va a venir a tomar el té?

- ALGERNON. -¡Oh! Solamente mi tía Augusta y Gundelinda.

- JACK. -¡Qué encanto! ¡Perfectamente!

- ALGERNON. -Sí, está muy bien; pero temo que a tía Augusta no le agrade mucho que estés aquí.

- JACK. -¿Puedo preguntar por qué?

- ALGERNON. -Chico, tu manera de flirtear con Gundelinda es perfectamente ignominiosa. Es casi tan inicua como la manera de flirtear Gundelinda contigo.

- JACK. -Estoy enamorado de Gunde-linda. He venido a Londres expresamente para declararme a ella.

- ALGERNON. -Yo creí que habías venido a divertirte... A esto lo llamo yo venir a negocios.

- JACK. -¡Qué poco romántico eres!

- ALGERNON. -Realmente, no veo nada romántico en una declaración. Es muy romántico estar enamorado. Pero no hay nada romántico en una declaración definitiva. ¡Toma! Como que pueden decirle a un que sí. Yo creo que así sucede, generalmente. Y entonces, ¡se acabó todo apasionamiento! La verdadera esencia del romanticismo es la incertidumbre. Si alguna vez me caso, haré todo lo posible por olvidar el suceso.

- JACK. -Eso no lo dudo, mi querido Algy. El Tribunal de Divorcio fue inventado especialmente para la gente que tiene la memoria, tan extraordinariamente constituida.

- ALGERNON. -¡Oh, es inútil hacer reflexiones sobre este tema! Los divorcios se elaboran en el cielo... *(JACK alarga la mano para coger un «sandwich». ALGERNON se interpone en el acto.)* Hazme el favor de no tocar los *sandwiches* de pepino. Están preparados especialmente para tía Augusta. *(Coge uno y se lo come.)*

- JACK. -¡Bueno, pues tú te los comes todo el tiempo!

- ALGERNON. -Eso es completamente distinto. Es mi tía. *(Coge el plato de debajo.)* Ten un poco de pan con manteca. El pan con manteca es para Gundelinda. Gundelinda está destinada al pan con manteca.

- JACK. *(Aproximándose a la mesa y sirviéndose él mismo.)* -Y este pan y esta manteca son igualmente buenos.

- ALGERNON. -Bien, mi querido amigo; pero no es necesario que comas así como si fueras a engullírtelo todo. Te conduces como si estuvieras casado ya con ella. No lo estás aún, ni creo que lo estés jamás.

- JACK. -¿Por qué dices eso?

- ALGERNON. -Pues bien: en primer lugar, las muchachas no se casan nunca con los hombres con quienes flirtean. No lo consideran decente.

- JACK. -¡Oh, qué tontería!

- ALGERNON. -No lo es. Es una gran verdad. Eso explica el número extraordinario de solteros que se ven por todas partes. En segundo lugar, yo no doy mi consentimiento.

- JACK. -¡Tu consentimiento!

- ALGERNON. -Mi querido amigo, Gundelinda es prima hermana mía. Y antes de permitir que te cases con ella tendrás que aclararme por completo la cuestión de Cecilia. *(Toca el timbre.)*

- JACK. -¡Cecilia! ¿Qué quieres decir? ¿Qué quiere decir eso de Cecilia, Algy? No conozco a nadie que se llame Cecilia. *(Entra* LANE.*)*

- ALGERNON. -Traiga la pitillera que se dejó míster Worthing en el salón de fumar la última vez que cenó aquí.

- LANE. -Bien, señor. *(Sale* LANE.*)*

- JACK. -¿Eso quiere decir que te has guardado todo ese tiempo mi pitillera? Podías haber tenido la bondad de comunicármelo. He estado escribiendo furiosas cartas a Scotland Yard sobre esto. Estaba a punto de ofrecer una espléndida gratificación.

- ALGERNON. -Muy bien; te ruego que

la ofrezcas. Casualmente, estoy más a la cuarta pregunta que de costumbre.

- JACK. -No hay que ofrecer ya una espléndida gratificación, puesto que se ha encontrado la cosa.

(Entra LANE *con la pitillera sobre una bandeja.* ALGERNON *la coge inmediatamente. Sale* LANE*.)*

- ALGERNON. -Me veo precisado a decirte que me parece eso un poco roñoso en ti, Ernesto. (Abre la pitillera y la examina.) Sin embargo, no importa, porque ahora que veo la inscripción de la parte de dentro descubro que el objeto no es tuyo, después de todo.

- JACK. -Claro que es mío. *(Dirigiéndose hacia él.)* Me lo has visto cien veces y no tienes ningún derecho a leer lo que hay escrito dentro. Es una cosa indigna de un caballero leer una pitillera particular.

- ALGERNON. -¡Oh! Es absurdo tener una regla rigurosa e invariable sobre lo que debe y no debe leerse. Más de la mitad de la cultura moderna depende de lo que no debería leerse.

- JACK. -Es un hecho del que estoy perfectamente enterado, y no me propongo discutir sobre la cultura moderna. No es un tema para hablar en privado. Yo necesito simplemente recuperar mi pitillera.

- ALGERNON. -Sí; pero esta pitillera no es tuya. Esta pitillera es un regalo de alguien que se llama Cecilia, y tú has dicho que no conocías a nadie de ese nombre.

- JACK. -Bueno, ya que insistes en saberlo: ocurre que Cecilia es mi tía.

- ALGERNON. -¡Tu tía!

- JACK. -Sí. Y además, una señora vieja encantadora. Vive en Tunbridge Wells. Y ahora devuélveme eso, Algy.

- ALGERNON. -*(Refugiándose detrás del sofá.)*¿Pero por qué se llama a sí misma «la pequeña Cecilia», si es tía tuya y si vive en Tunbridge Wells? *(Leyendo.)* «De parte de la pequeña Cecilia, con su más tierno amor».

- JACK. *(Dirigiéndose hacia el sofá y*

arrodillándose sobre él.) -Chico, ¿qué misterio hay en eso? Unas tías son altas y otras no lo son. Es ésta una cuestión sobre la cual debe estarle permitido a una tía decidir por sí misma. ¡Tú crees que todos las tías deben ser exactamente iguales a la tuya! ¡Eso es absurdo! ¡Por amor de Dios, devuélveme mi pitillera!

(Persigue a ALGERNON *alrededor de la estancia.)*

- ALGERNON. -Sí. Pero, ¿por qué tu tía te llama tío suyo? «De parte de la pequeña Cecilia, con su más tierno amor, a su querido tío Jack». No hay nada censurable, lo reconozco, en que una tía sea pequeña; pero que una tía, sea cual fuere su tamaño, llame tío a su propio sobrino, es lo que no puedo comprender. Además, tú no te llamas Juan, en absoluto; te llamas Ernesto.

- JACK. -No, no me llamo Ernesto; me llamo Juan.

- ALGERNON. -Tú siempre me has dicho que eras Ernesto: Yo te he

presentado a todo el mundo como Ernesto. Tú responds al nombre de Ernesto. Tienes aspecto de llamarte Ernesto.
Eres la persona de aspecto más formal que
he visto en mi vida. Es perfectamente
absurdo decir que no te llamas Ernesto.
Está en tus tarjetas. Aquí hay una. *(Saca una
de su cartera.)* «Míster Ernesto Worthing, B.
4, Albany.» La conservaré como prueba de
que tu nombre es Ernesto, si alguna vez
intentas negármelo a mí, a Gundelinda o a
cualquier otro. *(Se guarda la tarjeta en el
bolsillo.)*

- JACK. -Pues bien, sea; me llamo Ernesto
en la ciudad y Jack en el campo, y la
pitillera me la dieron en el campo.

- ALGERNON. -Sí; pero eso no explica
por qué tu pequeña tía Cecilia, que vive en
Tunbridge Wells, te llama su querido tío.
Vamos, chico; harías mucho mejor en
soltar la cosa de una vez.

- JACK. -Mi querido Algy, hablas
exactamente igual que un sacamuelas, y es

muy vulgar hablar lo mismo que un sacamuelas cuando no lo es uno. Hace mala impresión.

- ALGERNON. -Claro; eso es; precisamente, lo que hacen siempre los sacamuelas. ¡Vaya, continúa! Cuéntamelo todo. Te advierto que siempre he sospechado que eras un consumado y secreto Bunburysta, y ahora estoy completamente seguro.

- JACK. -¿Bunburysta? ¿Qué diablos quieres decir con eso de Bunburysta?

- ALGERNON. -Te revelaré el significado de esa expresión incomparable, en cuanto tengas la suficiente bondad para informarme de por qué eres Ernesto en la ciudad y Jack en el campo.

- JACK. -Bueno; pero dame mi pitillera primero.

- ALGERNON. -Aquí está. *(Le entrega la pitillera.)* Ahora formula tu explicación, y te ruego que la hagas inverosímil. *(Se sienta en el sofá.)*

- JACK. -Mi querido amigo, no hay absolutamente nada inverosímil en mi explicación. En realidad, es perfectamente vulgar. El viejo míster Thomas Cardew, que me prohijó cuando era yo niño, me nombró en su testamento tutor de su nieta, miss Cecilia Cardew. Cecilia me llama tío por motivos de respeto que tú serías incapaz de apreciar; vive en mi casa en el campo, al cuidado de su admirable institutriz, miss Prism.

- ALGERNON. -A propósito, ¿dónde está ese sitio en el campo?

- JACK. -Eso no te importa, querido. No vamos a invitarte... Lo que puedo decirte con franqueza es que ese sitio no está en el Shropshire.

- ALGERNON. -¡Ya me lo suponía, amigo, mío! He Bunburyzado todo el Shropshire en dos ocasiones distintas. Ahora, sigue. ¿Por qué eres Ernesto en la ciudad y Jack en el campo?

- JACK. -Mi querido Algy, no sé si serás

capaz de comprender mis verdaderos motivos. No eres lo suficientemente serio. Cuando se desempeñan las funciones de tutor, tiene uno que adoptar una actitud moral elevadísima en todos las cuestiones. Es un deber hacerlo. Y como una actitud moral elevada es realmente muy poco ventajosa para la salud y la felicidad, a fin de poder venir a Londres, he simulado siempre que tenía un hermano menor llamado Ernesto, que vive en Albany, y que se mete en los más horrorosos berenjenales. Esta es, mi querido Algy, toda la verdad, pura y sencilla.

- ALGERNON. -La verdad, es rara vez pura y nunca sencilla ¡La vida moderna sería aburridísima si la verdad fuera una u otra cosa, y la literatura moderna completamente imposible!

- JACK. -No estaría del todo mal.

- ALGERNON. -La crítica literaria no es tu fuerte, chico. No intentes hacerla. Debes dejarla a los que no han estado en la

Universidad. ¡La hacen tan bien en los periódicos! Tú eres realmente un Bunburysta. Tenía yo razón en absoluto al decir que eras un Bunburysta. Eres uno de los Bunburystas más adelantados que conozco.

- JACK. -¿Qué demonios quieres decir?

- ALGERNON. -Tú has inventado un hermano menor utilísimo, llamado Ernesto, a fin de poder venir a Londres cuantas veces quieres. Yo he inventado un inestimable enfermo crónico, llamado Bunbury, a fin de poder marcharme al campo cuando me parece. Bunbury es enteramente inestimable. Sin la mala salud extraordinaria de Bunbury, no me sería posible, por ejemplo, cenar contigo esta noche en Willis, pues estoy comprometido con tía Augusta hace más de una semana.

- JACK. -Yo no te he invitado a cenar conmigo en ninguna parte esta noche.

- ALGERNON. -Ya lo sé. Eres de una dejadez absurda cuando se trata de enviar

invitaciones. Es una tontería por tu parte.
Nada irrita tanto a la gente como no recibir
invitaciones.

- JACK. -Harías mucho mejor en cenar
con tu tía Augusta.

- ALGERNON. -No tengo la menor
intención de hacer semejante cosa.
Primeramente, he cenado con ella el lunes,
y cenar con parientes una vez a la semana
es muy suficiente. En segundo lugar,
siempre que ceno allí, me tratan como a un
miembro de la familia y me obligan a marcharme solo o con dos invitadas. En tercer
lugar, sé perfectamente al lado de quién me
colocaría esta noche. Me colocaría al lado
de Mary Farquhar, que flirtea siempre con
su marido de un extremo a otro de la
mesa. Y esto no es muy agradable. En
realidad, no es ni siquiera decente... Y es
una costumbre que toma un incremento
enorme. Es completamente escandaloso el
número de señoras en Londres que flirtean
con sus maridos. ¡Hace tan mal efecto! Es,

sencillamente, como lavar en público la
ropa limpia. Además, ahora que sé que eres
un Bunburysta consumado, deseo, como
es natural, hablarte del Bunburysmo.
Quiero revelarte sus reglas.

- JACK. -Yo no soy Bunburysta en
absoluto. Si Gundelinda me dice que sí,
mataré realmente a mi hermano. Le mataré
de todas maneras. Cecilia se interesa un
poco demasiado por él. Es más bien una
lata. Así es que voy a deshacerme de Ernesto. Y te aconsejo vivamente que hagas
lo mismo con míster..., con ese amigo tuyo
enfermo que tiene un nombre tan absurdo.

- ALGERNON. -Nada me moverá a deshacerme de Bunbury, y si te casas alguna
vez, lo cual me parece extraordinariamente
problemático, te alegrarás mucho de conocer a Bunbury. Un hombre que, se casa sin
conocer a Bunbury se encontrará siempre
aburridísimo.

- JACK. -Eso es una tontería. Si me caso
con una muchacha tan encantadora como

Gundelinda -y es la única muchacha que he visto en mi vida con la que querría casarme-, te garantizo que no tendré necesidad de conocer a Bunbury.

- ALGERNON. -Entonces querrá conocerle tu mujer. Pareces no darte cuenta de que en la vida conyugal tres son una compañía y dos no.

- JACK. *(Sentenciosamente.)* -Mi querido y joven amigo, esa es la teoría que el corruptor teatro francés ha venido propagando durante estos cincuenta últimos años.

- ALGERNON. -Sí; y eso es lo que el venturoso hogar inglés ha demostrado en la mitad de ese tiempo.

- JACK. -¡Por amor de Dios! No intentes ser cínico. Es facilísimo serlo.

- ALGERNON. -Hoy día, mi querido amigo, no hay nada fácil. Existe una competencia estúpida para todo. *(Se oye sonar un timbre eléctrico)* ¡Ah! Esa debe de ser tía Augusta. Únicamente los parientes o los

acreedores llaman de esa manera wagne-
riana. Vamos, si logro entretenerla durante
diez minutos, para que tengas ocasión de
declararte a Gundelinda, ¿podré cenar
contigo esta noche en Willis?

- JACK. -Si te empeñas, es de suponer.

- ALGERNON. -Sí, pera que sea en serio.
Detesto a la gente que no se porta seria-
mente cuando se trata de comidas. ¡Demuestra tal trivialidad por su parte!

(Entra LANE.)

- LANE. -Lady Bracknell y miss Fairfax.
*(ALGERNON se adelanta al encuentro de
ellas.)*

*(Entran LADY BRACKNELL y GUN-
DELINDA.)*

- LADY BRACKNELL. -Buenas tardes,
querido Algernon. Siempre bueno, ¿verdad?

- ALGERNON. -Me siento muy bien, tía
Augusta.

- LADY BRACKNELL. -Lo cual no es lo
mismo; me refería yo a la otra bondad. En

realidad esas dos cosas van pocas veces juntas. *(Ve a* JACK *y le hace un saludo glacial.)*

- ALGERNON. *(A* GUNDELINDA.*)*- ¡Dios mío, qué elegante estás!

- GUNDELINDA -¡Yo siempre estoy elegante! ¿No es verdad, míster Worthing?

- JACK. -Es usted absolutamente perfecta, miss Fairfax.

- GUNDELINDA -¡Oh! Espero no serlo, No tendría entonces ocasión de mejorar y procuro mejorar en muchas cosas. *(*GUNDELINDA *y* JACK *se sientan juntos en un rincón.)*

- LADY BRACKNELL. -Siento haber llegado un poco tarde, Algernon, pero no he tenido más remedio que ir a ver a nuestra querida lady Harbury. No había estado allí desde la muerte de su pobre marido. No he visto nunca una mujer tan cambiada; enteramente parece veinte años más joven. Y ahora voy a tomar una taza de té y uno de esos exquisitos *sandwiches* de pepino que me prometiste.

- ALGERNON. -Muy bien, tía Augusta. *(Se dirige hacia la mesa del té.)*

- LADY BRACKNELL. -¿Quieres venir a sentarte aquí, Gundelinda?

- GUNDELINDA -Gracias, mamá; estoy aquí muy cómoda.

- ALGERNON. *(Levantando aterrado la bandeja vacía.)*-¡Dios mío! ¡Lane!, ¿cómo no hay aquí *sandwiches* de pepino? Los encargué especialmente.

- LANE. *(Con gran seriedad.)* -No había pepinos en el mercado esta mañana, señor. He ido dos veces.

- ALGERNON. -¿Que no había pepinos?

- LANE. -No, señor. Ni siquiera pagando al contado.

- ALGERNON. -Está bien, Lane; gracias.

- LANE. -Gracias, señor. *(Vase.)*

- ALGERNON. -Me desconsuela muchísimo, tía Augusta, que no hubiese allí pepinos, ni siquiera pagando al contado.

- LADY BRACKNELL. -No importa, Algernon. He tomado unas pastas con lady

Harbury, que me parece vive ahora dedicada en absoluto a darse buena vida.

- ALGERNON. -He oído decir que se le había vuelto el pelo completamente rubio de pena.

- LADY BRACKNELL. -El color ha cambiado realmente. Lo que no sabría decir, como es natural, es la causa de ese cambio. *(Algernon cruza la estancia y sirve el té.)* Gracias. Tengo un verdadero agasajo para ti esta noche, Algernon. Pienso que hagas compañía a Mary Farquhar. Es una mujer verdaderamente deliciosa ¡y tan cariñosa con su marido! Resulta encantador verlos.

- ALGERNON. -Temo, tía Augusta, tener que renunciar al placer de cenar con usted esta noche.

- LADY BRACKNELL. *(Frunciendo el ceño.)*-Espero que no, Algernon. Me desbaratarías la mesa por completo. Tu tío tendría que cenar arriba. Afortunadamente ya está acostumbrado.

- ALGERNON. -Es muy fastidioso, y no

necesito decirle lo que me contraría, pero el hecho es que acabo precisamente de recibir un telegrama diciéndome que mi pobre amigo Bunbury está otra vez gravísimo. *(Cambiando una mirada con* JACK.*)* Creen que debo estar allí con él.
- LADY BRACKNELL. -Es muy extraño. Ese míster Bunbury padece una mala salud singularísima.
- ALGERNON. -Sí; el pobre Bunbury es un caso desesperado.
- LADY BRACKNELL. -Bueno, pues debo decirte, Algernon, que a mi juicio es hora ya de que míster Bunbury se decida por fin a vivir o a morirse. Su indecisión en esto es absurda. No apruebo en modo alguno- la simpatía moderna hacia los enfermos desahuciados. La considero morbosa. La enfermedad, sea la que fuese, no es cosa que debe alentarse en el prójimo. La salud es el primer deber en la vida. Se lo estoy diciendo siempre a tu pobre tío, pero él no parece hacer mucho caso... a juzgar

por la leve mejoría que experimenta en sus dolencias. Te quedaría muy obligada si le suplicases a míster Bunbury de mi parte que hiciese el favor de no tener recaída el sábado, pues cuento contigo para preparar mi concierto. Es mi última recepción y necesito algo que anime las conversaciones, sobre todo a fines de temporada cuando la gente ha dicho, realmente todo lo que tenía que decir, lo cual no era mucho, probablemente, en la mayoría de los casos.

- ALGERNON. -Hablaré a Bunbury, tía Augusta, si es que no ha perdido aún la cabeza, y creo poder prometerla a usted que estará muy bien el sábado. Claro es que el concierto ofrece grandes dificultades. Mire usted, si se toca buena música, la gente no escucha, y si se toca música mala, la gente no habla. Pero repasaré el programa que he redactado, si quiere usted tener la amabilidad de entrar en la habitación de al lado un momento.

- LADY BRACKNELL. -Gracias, Algernon. Eres muy previsor. *(Levantándose y siguiendo a ALGERNON.)* Estoy segura de que el programa quedará encantador, después de algunos expurgos. No puedo permitir canciones francesas. La gente parece siempre creer que son indecentes, y o ponen unas caras escandalizadas, lo cual es vulgar, o se ríen a carcajadas, lo cual es peor aún. Pero el alemán suena a idioma perfectamente respetable, y realmente yo creo que lo es. Gundelinda, ¿quieres venir conmigo?

- GUNDELINDA -Voy, mamá. *(LADY BRACKNELL y ALGERNON pasan a la sala de música. GUNDELINDA se queda atrás.)*

- JACK. -¡Qué hermoso día hace, miss Fairfax!

- GUNDELINDA -No me hable usted del tiempo, míster Worthing, se lo ruego. Siempre que una persona me habla del tiempo, tengo la absoluta seguridad de que quiere dar a entender otra cosa. Y eso me pone nerviosísima.

- JACK. -Yo quiero dar a entender otra cosa.

- GUNDELINDA -Ya me lo figuraba. Realmente no me equivoco nunca.

- JACK. -Y yo quisiera que me fuese permitido aprovechar la ocasión favorable creada por la ausencia momentánea de lady Bracknell...

- GUNDELINDA -Yo le aconsejaría, sin duda, que lo hiciese. Mamá tiene una manera de volver a entrar de repente en una habitación, que me ha obligado a reñirla muchas veces.

- JACK. *(Nerviosamente.)*-Miss Fairfax, desde que la conocí a usted, la admiré más que a ninguna otra muchacha... Desde que la conocí a usted... la conocí...

- GUNDELINDA -Sí, ya estoy perfectamente enterada de eso. Y con frecuencia he deseado que hubiera usted sido más expresivo, en público, por lo menos. Ha tenido usted siempre para mí un encanto irresistible. Aun antes de conocerle, estaba usted lejos de serme indiferente. (*JACK la mira atónito.*) Vivimos, como usted sabe, míster Worthing, en una época de ideales. Es un hecho que nos recuerdan constantemente en las revistas mensuales más caras, y que ha llegado, según me han dicho, hasta los púlpitos de provincias; y mi ideal ha sido siempre amar a un hombre que se llamase Ernesto. Hay en ese nombre algo que inspira una absoluta confianza. Desde el momento en que Algernon me indicó que tenía un amigo llamado Ernesto, comprendí que estaba destinada a amarle a usted.

- JACK. -¿Me ama usted de verdad, Gundelinda?

- GUNDELINDA -¡Apasionadamente!

- JACK. -¡Alma mía! No sabe usted lo feliz que me hace.

- GUNDELINDA -¡Mi Ernesto!

- JACK. -¿Pero no querrá usted realmente decir que no podría amarme si no me llamase Ernesto?

- GUNDELINDA -Pero usted se llama Ernesto.

- JACK. -Sí, ya lo sé. Pero suponiendo que me llamase de otro modo, quiere usted decir que entonces la sería imposible amarme?

- GUNDELINDA *(Con volubilidad.)*-¡Ah! Eso es evidentemente una especulación metafísica, y como la mayoría de las especulaciones metafísicas tiene muy poca relación con los hechos efectivos de la vida real, tal como los conocemos.

- JACK. -Personalmente, amor mío, se lo digo con toda franqueza, me tiene sin cuidado llamarme Ernesto... No creo que ese nombre me siente del todo bien.

- GUNDELINDA -Le sienta a usted perfectamente. Es un nombre divino. Tiene música propia. Produce vibraciones.

- JACK. -Pues yo, la verdad, Gundelinda,

debo confesar que hay, a mi juicio, una porción de nombres mucho más bonitos. Creo que Jack, por ejemplo, es un nombre encantador.

- GUNDELINDA -¿Jack?... No; tiene poquísima música ese nombre, si es que realmente tiene alguna. No conmueve. No produce absolutamente ninguna vibración... He conocido varios Jacks, y todos ellos, sin excepción, eran de una fealdad extraordinaria. Además, Jack es el nombre corriente de los infinitos Juanes, criados. Y yo compadezco a toda mujer que se casa con un hombre llamado Juan. Probablemente no la estará permitido conocer jamás el placer arrebatador de un solo momento de soledad. Realmente, el único nombre que merece confianza es Ernesto.

- JACK. -Gundelinda, es preciso que vaya a bautizarme..., digo, es preciso que nos casemos inmediatamente. No hay un momento que perder.

- GUNDELINDA -¿Casarnos, míster Worthing?

- JACK. *(Estupefacto.)* Naturalmente... Ya sabe usted que la amo, miss Fairfax, y usted me ha hecho creer que yo no la era completamente indiferente.

- GUNDELINDA -Le adoro. Pero usted no se me ha declarado todavía. No me ha hablado usted para nada de casamiento. No se ha tratado ni siquiera de ese asunto.

- JACK. -Bueno... ¿Puedo declararme ahora?

- GUNDELINDA -Me parece que sería una ocasión admirable. Y para evitarle toda posible desilusión, míster Worthing, creo leal manifestarle con toda franqueza y de antemano que estoy completamente decidida a decirle que sí.

- JACK. -¡Gundelinda!

- GUNDELINDA -Sí, míster Worthing, ¿qué tiene usted que decirme?

- JACK. -Ya sabe usted lo que tengo que decirle.

- GUNDELINDA -Sí, pero usted no lo dice.
- JACK. -Gundelinda, ¿quiere usted casarse conmigo? *(Se arrodilla.)*
- GUNDELINDA -Claro que quiero, vida mía. ¡Cuánto tiempo ha tardado usted en decirlo! Temo que tenga usted muy poca experiencia en materia de declaraciones.
- JACK. -No he amado a nadie en el mundo más que a usted, encanto mío.
- GUNDELINDA -Sí, pero los hombres se declaran muchas veces para ejercitarse. Sé que mi hermano Gerardo lo hace. Todas mis amigas me lo dicen. ¡Qué ojos azules más maravillosos tiene usted, Ernesto! Son completamente, completamente azules. Espero que me mirará usted siempre así, sobre todo cuando haya gente delante. *(Entra* LADY BRACKNELL.*)*
- LADY BRACKNELL. -¡Míster Worthing! ¡Levántese usted, caballero, de esa postura semiacostada! Es muy indecorosa.
- GUNDELINDA -¡Mamá! *(Él intenta*

levantarse; ella se lo impide.) Te ruego encarecidamente que te retires. Éste no es tu sitio. Además, míster Worthing no ha acabado del todo.

- LADY BRACKNELL. -¿Acabado el qué, si puedo preguntarlo?

- GUNDELINDA -Soy la prometida de míster Worthing, mamá. *(Se levantan ambos.)*

- LADY BRACKNELL. -Perdona, tú no eres la prometida de nadie. Cuando seas la prometida de alguien, yo, o tu padre, si su salud se lo permite, te lo comunicaremos. Es cosa que debe presentársele a una muchacha como una sorpresa, agradable o desagradable, según los casos. No es asunto que pueda permitírsele arreglar por su cuenta... Y ahora tengo que hacerle a usted unas cuantas preguntas, míster Worthing. Mientras se las hago, espérame abajo en el coche, Gundelinda.

- GUNDELINDA *(En tono de reproche)-* ¡Mamá!

- LADY BRACKNELL. - ¡En el coche,

Gundelinda! *(Gundelinda se dirige hacia la puerta. Ella y Jack se tiran besos por detrás de lady Bracknell. Lady Bracknell mira vagamente a su alrededor, como intentando comprender qué ruido es aquél. Por último, se vuelve.)* ¡Gundelinda, al coche!

- GUNDELINDA -Sí, mamá. *(Sale, volviéndose para mirar a Jack.)*

- LADY BRACKNELL. *(Sentándose.)*- Puede usted sentarse, míster Worthing. *(Saca de su bolsillo un cuadernito de notas y un lápiz.)*

- JACK. -Gracias, lady Bracknell; prefiero estar de pie.

- LADY BRACKNELL. *(Lápiz y cuadernito de notas en mano.)*-Me creo en la obligación de decirle que no está usted en mi lista de muchachos elegibles, aunque tengo la misma que mi querida duquesa de Bolton. En realidad, operamos juntas. No obstante lo cual estoy completamente dispuesta a anotar el nombre de usted si sus respuestas son las que requiere una madre verdaderamente cariñosa. ¿Fuma usted?

- JACK. -Pues bien, sí; debo confesar que fumo.

- LADY BRACKNELL. -Me alegro saberlo. Un hombre debe siempre tener una ocupación cualquiera. Hay demasiados hombres ociosos en Londres. ¿Qué edad tiene usted?

- JACK. -Veintinueve años.

- LADY BRACKNELL. -Una edad excelente para casarse. He sido siempre de opinión de que un hombre que desea casarse, debería saberlo todo o no saber nada ¿Cuál es su caso?

- JACK. *(Después de una ligera vacilación.)*-Yo no sé nada, lady Bracknell.

- LADY BRACKNELL. -Me alegro. No consiento la menor intromisión de la ignorancia natural. La ignorancia es como un delicado fruto exótico; se la toca y desaparece la pelusilla. La teoría de la educación moderna es íntegra y radical- mente falsa. Afortunadamente, en Inglaterra al menos, la educación no produce el menor efecto. Si lo produjese, representaría un serio peligro para las clases altas, y daría lugar probablemente a actos de violencia en Grosvenor Square. ¿Qué renta tiene usted?

- JACK. -De siete a ocho mil libras al año.

- LADY BRACKNELL. *(Tomando nota en su cuadernito.)* -¿En tierras o en inversiones?

- JACK. -En inversiones, principalmente.

- LADY BRACKNELL. -Eso es satisfactorio. Entre los deberes que la esperan a una en el transcurso de la vida y los deberes que la exigen a una después de muerta, la tierra ha dejado de ser en todo caso un beneficio o un placer. Le da a una posición y le impide mantenerla. Eso es todo lo que puede decirse de la tierra.

- JACK. -Tengo una casa de campo con unas tierras, anejas a ella, claro es, unas novecientas cuarenta y tantas fanegas, creo yo; pero no depende de eso mi verdadera renta. En realidad, por lo que he podido comprobar, los cazadores furtivos son los únicos que sacan algo de ella.

- LADY BRACKNELL. -¡Una casa de campo! ¿Cuántas alcobas? Bueno, ese punto puede aclararse después. ¿Tiene usted casa en Londres, me figuro? Una muchacha de un carácter tan sencillo y poco maleado, como Gundelinda, no hay que pensar ni por un momento, en que viva en el campo.

- JACK. -Sí, tengo una casa en la plaza de Belgravia, pero está alquilada por años a lady Bloxham. Claro es que puedo disponer de ella siempre que quiera, avisando con seis meses de anticipación.

- LADY BRACKNELL. -¿Lady Bloxham? No la conozco.

- JACK. -¡Oh! Sale poquísimo. Es una señora de edad muy avanzada.

- LADY BRACKNELL. -¡Ah! En los tiempos que corren eso no es una garantía de respetabilidad personal. ¿Qué número de la plaza de Belgravia?

- JACK. -Ciento cuarenta y nueve.

- LADY BRACKNELL. *(Moviendo la cabeza)* -El lado que no está de moda. Ya me figuraba yo que había algo. Sin embargo, eso podría modificarse fácilmente

- JACK. -¿La moda o el lado?

- LADY BRACKNELL. *(Con seriedad.)*-Supongo que ambos, si es preciso. ¿Qué es usted en política?

- JACK. -Pues bien, temo realmente no ser nada. Soy liberal unionista.

- LADY BRACKNELL. -¡Oh! Eso le coloca entre los *tories*. Cenan con nosotros. O vienen a hacernos la tertulia por la noche en todo caso. Y ahora, vamos a los asuntos secundarios. ¿Sus padres viven?

- JACK. -He perdido a mis padres.

- LADY BRACKNELL. -Perder a uno de los dos, míster Worthing, puede considerarse como una desgracia; perder a los dos parece una negligencia. ¿Quién era su padre? Evidentemente, un hombre de alguna fortuna. ¿Había nacido en lo que los periódicos radicales llaman la púrpura del comercio, o se había encumbrado en la esfera de la aristocracia?

- JACK. -Temo realmente no saberlo. El hecho es, lady Bracknell, que la he dicho que había perdido a mis padres. Estaría más cerca de la verdad diciendo que mis padres parecen haberme perdido... Actualmente no sé quién soy por mi nacimiento. Fui... bueno, fui encontrado.

- LADY BRACKNELL. -¡Encontrado!

- JACK. -El difunto míster Thomas Cardew, anciano caballeroso, de carácter muy caritativo y de benévolo, me encontró y me dio el nombre de Worthing, porque la casualidad hizo que tuviera en aquel momento en su bolsillo un billete de primera clase para Worthing. Worthing es un pueblo del condado de Sussex. Es una playa concurrida.

- LADY BRACKNELL. -¿Dónde le encontró a usted ese caballero caritativo que tenía un billete de primera clase para esa playa concurrida?

- JACK. *(Gravemente.)* -En un saco de mano.

- LADY BRACKNELL. -¿En un saco de mano?

- JACK. *(Con mucha seriedad.)* -Sí, lady Bracknell. Estaba yo en un saco de mano -un saco de mano un tanto grande, de cuero negro, con asas-; en fin, un saco de mano corriente.

- LADY BRACKNELL. -¿En qué punto tropezó ese míster James, o Thomas Cardew, con ese saco de mano corriente?

- JACK. -En el guardarropa de la estación Victoria. Se lo dieron equivocadamente por el suyo.

- LADY BRACKNELL. -¿En el guardarropa de la estación Victoria?

- JACK. -Sí. Línea de Brighton.

- LADY BRACKNELL. -La línea no tiene importancia. Míster Worthing, confieso que me siento un poco turbada por lo que acaba usted de decirme. Nacer, o por lo menos haber sido criado en un saco de mano, ya sea con asas o sin ellas, me parece una manifestación de desprecio hacia el decoro de la vida de familia, que recuerda los peores excesos de la Revolución Francesa. ¿Y supongo que sabrá usted adónde condujo aquel desdichado movimiento? En cuánto al sitio exacto en el cual fue encontrado el saco de mano, el guardarropa de una estación de ferrocarril podría servir para ocultar una indiscreción social -y realmente es muy probable que haya sido utilizado para ese fin antes de ahora-, pero no podría, en modo alguno, considerarse como una base segura para cimentar una posición reconocida en la buena sociedad.

- JACK. -¿Puedo preguntarle qué me aconsejaría usted hacer? No necesito decirle que lo haría todo por asegurar la felicidad de Gundelinda.

- LADY BRACKNELL. -Le aconsejaría vivamente, míster Worthing, que procurase adquirir algunos parientes lo antes posible, y que hiciera un esfuerzo decisivo para presentar por lo menos a uno de los dos autores de sus días, de cualquier sexo, antes de que haya terminado del todo la temporada.

- JACK. -Pues no veo cómo voy a arreglármelas para eso. Puedo presentar el saco de mano en cualquier momento. Lo tengo en mi casa, en mi cuarto de aseo. Creo que podría usted realmente darse por satisfecha con eso, lady Bracknell.

- LADY BRACKNELL. -¡Yo, caballero! ¿Qué tengo yo que ver con eso? ¡No se imaginará usted que yo y lord Bracknell vamos a cometer la locura de casar a nuestra hija única -una muchacha educada con el mayor cuidado-, en un guardarropa ni a contraer parentesco con un bulto de viaje! ¡Buenos días, míster Worthing! *(LADY BRACKNELL sale rápidamente con una majestuosa indignación.)*

- JACK. -¡Buenos días! *(ALGERNON,*

desde el aposento contiguo, toca una marcha nupcial. JACK, *con aire muy furioso, se dirige hacia la puerta.)* ¡Por amor de Dios, no toques esa pieza fúnebre, Algy! ¡Qué idiota eres! *(Cesa la música y entra* ALGERNON, *con cara risueña.)*

- ALGERNON. -¿Salió todo bien, chico? ¿No irás a decirme que te dio calabazas Gundelinda? Sé que es una costumbre suya. Está siempre rechazando pretendientes. Lo encuentro muy mal en ella.

- JACK. -¡Oh! Con Gundelinda la cosa marcha como sobre ruedas. Por lo que a ella se refiere, somos novios. Su madre es completamente inaguantable. No he tropezado nunca con una Gorgona semejante... En realidad, no sé a qué se parece una Gorgona, pero estoy segurísimo de que lady Bracknell lo es. De todas maneras, es un monstruo, sin ser un mito, lo cual resulta más bien injusto... Perdóname, Algy. Me parece que no debía hablar así de tu tía, delante de ti.

- ALGERNON. -¡Pero, hombre, si a mí me gusta oír maltratar a mis parientes! Es lo único que me los hace soportables. Los parientes son sencillamente un hatajo de gente fastidiosa, que no tiene la más remota noción de cómo hay que vivir, ni el más ligero instinto de cuándo debe morirse.

- JACK. -¡Oh, eso es un disparate!

- ALGERNON. -¡No lo es!

- JACK. -Bueno, no quiero discutirlo. Tú siempre necesitas discutirlo todo.

- ALGERNON. -Precisamente, para eso están hechas las cosas desde sus orígenes.

- JACK. -Te doy mi palabra de que si yo pensase eso me mataría...*(Una pausa.)* ¿Tú crees, Algy, que hay alguna probabilidad de que Gundelinda llegue a parecerse a su madre dentro de ciento cincuenta años?

- ALGERNON. -Todas las mujeres llegan a parecerse sus madres. Esa es su tragedia. Los hombres, ninguno se parece. Y es la suya.

- JACK. -¡Eso es muy ingenioso!

- ALGERNON. -¡Está perfectamente expresado! Y es tan cierto como puede serlo cualquier observación en la vida civilizada.

- JACK. -Estoy harto por completo de inteligencia. Hoy día todo el mundo es inteligente. No puedes ir a ninguna parte sin encontrarte con personas inteligentes. La cosa ha llegado a ser una verdadera calamidad pública. Le pido al cielo que deje unos cuantos tontos.

- ALGERNON. -Los hay.

- JACK. -Me gustaría muchísimo encontrármelos. ¿De qué hablan?

- ALGERNON. -¿Los tontos? ¡Oh! De los listos, como es natural.

- JACK. -¡Qué tontos!

- ALGERNON. -A propósito. ¿Le has dicho a Gundelinda la verdad, que eras Ernesto en Londres y Jack en el campo?

- JACK. *(Con marcado aire de protección.)*- Amigo mío, la verdad no es en absoluto lo que se dice a una muchacha bonita, agradable e inteligente. ¡Qué ideas más extraordinarias tienes sobre la manera de tratar a una mujer!

- ALGERNON. -La única manera de tratar a una mujer es hacerla el amor, si es bonita o hacérselo a otra, si es fea.

- JACK. -¡Oh! ¡Esa es una tontería!

- ALGERNON. -¿Y qué le has dicho de tu hermano, del perdido de Ernesto?

- JACK. -¡Oh! Antes de fin de semana me habré desembarazado de él. Diré que ha muerto en París, de apoplejía. Muchísima gente muere de apoplejía de un modo repentino, ¿verdad?

- ALGERNON. -Sí, pero es hereditario, chico. Es una de las cosas que vienen de familia. Harías mucho mejor en hablar de un fuerte enfriamiento.

- JACK. -¿Estás seguro de que un fuerte enfriamiento no es hereditario, de que no es nada familiar?

- ALGERNON. -Claro que no lo es.

- JACK. -Entonces, muy bien. A mi pobre hermano Ernesto se le ha llevado pateta repentinamente, en París, un fuerte enfriamiento. Ya me he desembarazado de él.

- ALGERNON. -¿Pero me parece que dijiste que... miss Cardew demostraba demasiado interés por tu pobre hermano Ernesto? ¿No sufrirá ella mucho con su muerte?

- JACK. -¡Oh! La cosa irá bien. Cecilia, me complace decirlo, no es una muchacha tonta, romántica. Tiene un apetito excelente, da largos paseos y no presta ninguna atención a sus lecciones.

- ALGERNON. -Me gustaría realmente conocer a Cecilia.

- JACK. -Ya tendré yo buen cuidado de impedírtelo. Es excesivamente bonita y tiene dieciocho años recién cumplidos.

- ALGERNON. -¿Y le has dicho a Gundelinda que tienes una pupila, excesivamente bonita, de dieciocho años recién cumplidos?

- JACK. -¡Oh! Hay que hablar a la gente con consideración. Cecilia y Gundelinda acabarán seguramente por ser íntimas amigas. Te apuesto lo que quieras a que a la media hora de conocerse se llaman mutuamente hermanas.

- ALGERNON. -Las mujeres sólo hacen eso después de llamarse otra porción de cosas. Ahora, mi querido amigo, si queremos tener una buena mesa en Willis, necesitamos ir a vestirnos en seguida. ¿Sabes que son cerca de las siete?

- JACK. *(En tono irritado.)* -¡Oh! Siempre son cerca de las siete.

- ALGERNON. -Bueno, pero yo tengo hambre.

- JACK. -Sería la primera vez que supiese que no la tenías.

- ALGERNON. -¿Qué vamos a hacer después de cenar? ¿Ir al teatro?

- JACK. -¡Oh, no! Me molesta escuchar.

- ALGERNON. -Bueno, iremos al Club.

- JACK. -¡Oh, no! Me es odioso hablar.

- ALGERNON. -Bueno, podríamos dar una vuelta por el Empire a las diez.

- JACK. -¡Oh, no! Me resulta insoportable ver cosas. ¡Es tan tonto!

- ALGERNON. -Entonces, ¿qué hacemos?

- JACK. -¡Nada!

- ALGERNON. -Es penosísimo no hacer nada. Sin embargo, yo no estoy dispuesto a ese penoso trabajo, cuando no tiene algún objeto... *(Entra* LANE.*)*

- LANE. -Miss Fairfax.

(Entra GUNDELINDA. *Sale* LANE.*)*

- ALGERNON. -¡Gundelinda, a fe mía!

- GUNDELINDA -Algy, ten la bondad de volverte de espaldas. Tengo que decir algo muy particular a míster Worthing.

- ALGERNON. -Realmente, Gundelinda, no sé si puedo permitir eso de ninguna manera.

- GUNDELINDA -Algy, tú siempre adoptas una actitud rigurosamente inmoral frente a la vida. No eres aún lo suficientemente viejo para eso. *(ALGERNON se retira hacia la chimenea.)*

- JACK. -¡Vida mía!

- GUNDELINDA -Ernesto, puede que nunca nos casemos. Por la expresión de la cara de mamá, temo que no lo estemos jamás, Hoy día son poquísimos los padres que hacen caso de lo que dicen sus hijos. El antiguo respeto hacia los jóvenes desaparece rápidamente. Si alguna vez tuve cierta influencia sobre mamá, la perdí a los tres años de edad. Pero aunque pueda ella impedirnos llegar a ser marido y mujer, aunque pueda yo casarme con otro y casarme muchas veces, nada de lo que haga podrá alterar mi eterno amor hacia usted.

- JACK. -¡Gundelinda mía!

- GUNDELINDA -La historia de su romántico origen, tal como me la ha relatado mamá, con comentarios desagradables, ha conmovido, como es natural, las fibras más profundas de mi ser.

Su nombre de pila tiene un encanto irresistible. La sencillez de su carácter le hace a usted exquisitamente incomprensible para mí. Tengo sus señas de Londres, en Albany. ¿Cuáles son sus señas en el campo?

- JACK. -Manor House, Woolton, condado de Hertford. *(ALGERNON, que ha estado escuchando atentamente, se sonríe para sí mismo y escribe las señas en un puño de la camisa. Luego coge la Guía de Ferrocarriles.)*

- GUNDELINDA -¿Supongo que habrá un buen servicio de Correos? Puede ser necesario hacer alguna cosa desesperada. Claro es que eso requeriría seria reflexión. Me cartearé con usted a diario.

- JACK. -¡Alma mía!

- GUNDELINDA -¿Cuánto tiempo permanecerá usted en Londres?

- JACK. -Hasta el lunes.

- GUNDELINDA -¡Bien! Algy, ya puedes volverte.

- ALGERNON. -Gracias; ya me he vuelto.

- GUNDELINDA -Puedes también llamar al timbre.

- JACK. -¿Me permitirá usted acompañarla hasta su coche, encanto mío?

- GUNDELINDA -Claro que sí.

- JACK. *(A LANE, que acaba de entrar.)*-Yo acompañaré a miss Fairfax.

- LANE. -Bien, señor. *(Salen JACK y GUNDELINDA. LANE presenta a ALGERNON varias cartas en una bandeja. Puede suponerse que son facturas, pues ALGERNON, después de mirar los sobres, las rompe.)*

- ALGERNON. -Una copa de Jerez, Lane.

- LANE. -Sí, señor.

- ALGERNON. -Mañana, Lane, voy a Bunburyzar.

- LANE. -Bien, señor.

- ALGERNON. -Probablemente no volveré hasta el lunes. Puede usted prepararme el frac, el smoking y el vestuario completo de Bunbury...

- LANE. -Bien, señor, *(Deja el Jerez sobre la mesa.)*

- ALGERNON. -Espero que hará buen día mañana, Lane.

- LANE. -Nunca hace buen día, señor.

- ALGERNON. -Lane, es usted muy pesimista.

- LANE. -Hago lo que puedo para agradar, señor.

(Entra JACK. *Sale* LANE.)

- JACK. -¡Qué muchacha tan sensata, tan inteligente! La única muchacha que me ha gustado en mi vida. *(*ALGERNON *se ríe a carcajadas.) ¿Qué* es lo que te divierte tanto?

- ALGERNON. -¡Oh! Estoy un poco inquieto por ese pobre Bunbury, eso es todo.

- JACK. -Si no tienes cuidado, tu amigo Bunbury te meterá en un lío serio algún día.

- ALGERNON. -Me gustan los líos. Son las únicas cosas que no han sido nunca serias.

- JACK. -¡Oh! Esas son tonterías, Algy. No dices nunca más que tonterías.

- ALGERNON. -Nadie hace otra cosa. *(JACK le mira con indignación y sale del cuarto. Algernon enciende un cigarrillo, lee lo que ha escrito en el puño de su camisa y sonríe.).*

CAE EL TELÓN

Acto segundo

Decoración: Jardín en la residencia solariega, en Woolton. Una escalinata de piedra gris conduce a la casa. El jardín, un jardín a la antigua, está lleno de rosas. Época, el mes de julio. Unos sillones de mimbre y una mesa cubierta de libros están colocados bajo un corpulento tejo.

MISS PRISM aparece sentada ante la mesa. Al fondo, CECILIA regando las flores.

- MISS PRISM. *(Llamando.)* -¡Cecilia! ¡Cecilia! Indudablemente una ocupación tan utilitaria como la de regar flores es más bien obligación de Moulton que suya. Sobre todo en los momentos en que están esperándola los placeres intelectuales. Su gramática alemana está sobre la mesa. Tenga usted la bondad de abrirla por la página 15. Repetiremos la lección de ayer.
- CECILIA. *(Acercándose muy despacio.)* -¡Pero si a mí no me gusta el alemán! Es una lengua que no sienta absolutamente nada bien. Sé perfectamente que parezco feísima después de mi lección de alemán.
- MISS PRISM. -Hija mía, ya sabe usted el afán que tiene su tutor porque adelante usted en todo. Ayer, al marchar a Londres,

insistió especialmente sobre el alemán. En realidad, insiste siempre sobre el alemán cuando se va a Londres.

- CECILIA. -¡Es tan serio mi querido tío! A veces lo es tanto, que llego a creer si no se encontrará del todo bien.

- MISS PRISM.*(Con firmeza.)*- Su tutor goza de una salud inmejorable, y la gravedad de su porte es particularmente encomiable en un hombre como él, relativamente joven. No conozco a nadie que tenga un sentido tan alto del deber y de la responsabilidad.

- CECILIA. -Supongo que ésa debe ser la causa de que parezca algo aburrido, muchas veces, cuando estamos los tres juntos.

- MISS PRISM. -¡Cecilia! Me sorprende usted. Míster Worthing ha tenido muchos disgustos en su vida. La alegría sin motivo y la frivolidad resultarían fuera de lugar en su conversación. Debe usted recordar la inquietud constante en que le tiene su hermano, ese desgraciado joven.

- CECILIA. -Quisiera yo que el tío Jack permitiese a su hermano, a ese desgraciado joven, que viniese por aquí de cuando en cuando. Podríamos ejercer una influencia benéfica sobre él MISS PRISM. Estoy segura de que usted la ejercería realmente. Usted sabe alemán y geología, y esta clase de cosas influyen muchísimo sobre un hombre. *(CECILIA empieza a escribir en su diario.)*
- MISS PRISM.*(Moviendo la cabeza.)*-Ni siguiera creo que produjese yo el menor efecto en un carácter que, según confiesa su mismo hermano, es irremediablemente débil y vacilante. A decir verdad, no estoy muy segura de que quisiera yo reformarle. No soy partidaria de esa manía moderna de convertir a personas malas en buenas, en un santiamén. Que cada cual recoja lo que sembró. Debe usted cerrar su diario, Cecilia. Realmente, no comprendo en absoluto por qué lleva usted un diario.
- CECILIA. -Lo llevo para anotar los secretos maravillosos de mi vida. Si no los

apuntase, probablemente los olvidaría por completo.

- MISS PRISM. -La memoria, mi querida Cecilia, es el diario que todos llevamos con nosotros.

- CECILIA. -Sí, pero por regla general no registra más que las cosas que no han sucedido nunca, ni podían suceder. Yo Creo que la memoria es responsable de casi todas las novelas en tres tomos que Mudie nos remite.

- MISS PRISM. -No hable usted con desprecio de las novelas en tres tomos, Cecilia. Yo también escribí una en mis años juveniles.

- CECILIA. -¿De verdad, miss Prism? ¡Qué prodigiosamente lista es usted! Me figuro que no acabaría bien. No me gustan las novelas que acaban bien. Me deprimen muchísimo.

- MISS PRISM. -Los buenos acaban bien y los malos acaban mal. Es decir, lo que se propone la Ficción.

- CECILIA. -Me lo supongo. Pero parece muy injusto. ¿Y se publicó su novela.

- MISS PRISM. -¡Ay, no! Desgraciadamente el manuscrito fue abandonado. *(CECILIA se estremece.)* Empleo la palabra en el sentido de perdido o traspapelado. Estas consideraciones son perfectamente innecesarias para los trabajos de usted.

- CECILIA. *(Sonriendo.)*-Pero aquí veo a nuestro querido doctor Casulla, que viene por el jardín.

- MISS PRISM. *(Levantándose y yendo hacia él.)* -¡El doctor Casulla! Es para mí una verdadera satisfacción. *(Entra el canónigo CASULLA.)*

- CASULLA. -¿Qué tal vamos esta mañana? ¿Supongo que estará usted bien, miss Prism?

- CECILIA. -Miss Prism se quejaba hace un momento de un poco de jaqueca. Yo creo que la sentaría muy bien dar una vueltecita con usted por el parque, doctor Casulla.

- MISS PRISM. -Cecilia, yo no he hablado para nada de jaqueca.
- CECILIA. -No, mi querida miss Prism, ya lo sé, pero yo he sentido instintivamente que tenía usted jaqueca. Realmente en eso estaba yo pensando y no en mi lección de alemán, cuando ha llegado el rector.
- CASULLA. -Espero, Cecilia, que no será usted una distraída.
- CECILIA. -¡Oh! Temo serlo.
- CASULLA. -Es raro. Si yo tuviera la suerte de ser discípulo de miss Prism, estaría pendiente de sus labios. *(MISS PRISM abre mucho los ojos.)* Hablo metafóricamente... Mi metáfora estaba tomada de las abejas. ¡Ejem! ¿Supongo que míster Worthing no ha regresado todavía de Londres?
- MISS PRISM. -No le esperamos hasta el lunes por la tarde.
- CASULLA. -¡Ah, sí! Generalmente le gusta pasar el domingo en Londres. No es de los que piensan únicamente en diver-

tirse, como parece ser el caso de ese desdichado joven, hermano suyo. Pero no debo distraer por más tiempo a Egeria y su discípula.

- MISS PRISM. -¿Egeria? Me llamo Leticia, doctor.

- CASULLA. *(Inclinándose.)*-Es una simple alusión clásica, tomada de los autores paganos. ¿Las veré seguramente a las dos en el oficio de Vísperas de esta tarde?

- MISS PRISM. -Me parece, querido, que voy a dar una vueltecita con usted. Realmente noto que tengo jaqueca y un paseo puede sentarme bien.

- CASULLA. -Con mucho gusto, miss Prism; con mucho gusto. Podemos llegar hasta las escuelas y volver.

- MISS PRISM. -Eso resultará delicioso. Cecilia, hará usted el favor de estudiar su lección de Economía política, durante mi ausencia. El capítulo sobre la baja de la rupia puede usted saltárselo. Es demasiado sensacional. Hasta esos problemas monetarios tienen su lado melodramático. *(Se va por el jardín con el doctor* CASULLA.*)*

- CECILIA. *(Recogiendo los libros y tirándolos sobre la mesa)-*¡Fuera la horrible Economía política! ¡Fuera la horrible Geografía! ¡Fuera, fuera, el horrible alemán! *(Entra con una tarjeta sobre una bandeja.)*

- MERRIMAN. -Míster Ernesto Worthing acaba de llegar en coche de la estación. Ha traído su equipaje consigo.

- CECILIA. *(Cogiendo la tarjeta y leyéndola.)-* «Míster Ernesto Worthing, B. 4, The Albany, W.» ¡El hermano del tío Jack! ¿Le ha dicho usted que míster Worthing estaba en Londres?

- MERRIMAN. -Sí, señorita. Y ha parecido muy contrariado. Le he dicho que la señorita y miss Prism estaban en el jardín. Ha dicho que tenía mucho interés en hablar con usted reservadamente un momento.

- CECILIA. -Dígale a míster Ernesto Worthing que venga aquí. Y creo que haría usted bien en indicar al ama de llaves que le preparase cuarto.

- MERRIMAN. -Bien, señorita. *(Sale, MERRIMAN.)*

- CECILIA. -Hasta ahora no he conocido todavía a ningún individuo verdaderamente malo. Me siento un poco asustada. Mucho me temo que se parezca a todos los demás. ¡Y se parece! *(Entra ALGERNON muy alegre y desenvuelto.)*

- ALGERNON. *(Quitándose el sombrero.)*-Seguramente usted es mi primita Cecilia.

- CECILIA. -Está usted en un gran error. No soy pequeña. Verdaderamente me parece que estoy más crecida de lo corriente, para mi edad. *(ALGERNON la contempla un poco asombrado.)* Pero soy la prima Cecilia. Ya veo por su tarjeta que es usted el hermano del tío Jack, mi primo Ernesto, el bribón de mi primo Ernesto.

ALGERNON. -¡Oh! Yo no soy realmente un bribón ni mucho menos, prima Cecilia. No vaya usted a creer que soy un bribón.

CECILIA. -Si no lo es, nos ha estado usted entonces engañando indudablemente a todos de la manera más imperdonable. Espero que no habrá usted llevado una doble existencia, fingiéndose un bribón y siendo en realidad un hombre bueno siempre. Eso sería una hipocresía.

- ALGERNON. *(Mirándola con estupefacción.)* -¡Oh! Claro es que he sido un poco atolondrado.

- CECILIA. -Me alegro saberlo.

- ALGERNON. -Verdaderamente, ya que habla usted de eso, he sido todo lo malo que he podido en mi breve vida.

- CECILIA. -No creo que deba usted envanecerse de ello, aunque seguramente haya sido muy agradable.

- ALGERNON. -Mucho más agradable es estar aquí con usted.

- CECILIA. -Lo que no puedo comprender es cómo está usted aquí. El tío Jack no ha de regresar hasta el lunes por la tarde.

- ALGERNON. -Es una gran contra-

riedad. Me veo en la precisión de marcharme el lunes por la mañana, en el primer
tren. Tengo una cita de negocios a la que
me interesa muchísimo... faltar.

- CECILIA. -¿Y no podría usted faltar a
ella en cualquier sitio que no fuese en
Londres?

- ALGERNON. -No; la cita es en
Londres.

- CECILIA. -Bueno, ya sé, naturalmente,
lo importante que es no acudir a una cita
de negocios, cuando se quiere conservar
cierto sentido de la belleza de la vida, pero,
sin embargo, creo que haría usted mejor en
esperar el regreso del tío Jack. Sé que desea
hablar con usted de su emigración.

- ALGERNON. -¿De mi qué?

- CECILIA. -De su emigración. Ha ido a
comprarle a usted el equipo.

- ALGERNON. -No permitiré de ninguna
manera a Jack que me compre el equipo.
No tiene gusto en absoluto para las
corbatas.

- CECILIA. -No creo que le hagan falta corbatas. El tío Jack piensa enviarle a usted a Australia.

- ALGERNON. -¡A Australia! Antes la muerte.

- CECILIA. -Pues el miércoles por la noche, durante la cena, dijo que tendría usted que elegir entre este mundo, el otro mundo y Australia.

- ALGERNON. -¡Ah! Bueno. Los informes que he recibido de Australia y del otro mundo no son extraordinariamente alentadores. Este mundo es bastante bueno para mí, prima Cecilia.

- CECILIA. -Sí, ¿pero es usted bastante bueno para él?

- ALGERNON. -Temo no serlo. Por eso quiero que me reforme usted. Podría usted hacer de eso su misión, si no le parece mal.

- CECILIA. -Temo no tener tiempo esta tarde.

- ALGERNON. -Bueno, ¿le parece a usted que me reforme a mí mismo esta tarde?

- CECILIA. -Sería un poco quijotesco por su parte. Pero creo que debía usted intentarlo.

- ALGERNON. -Lo intentaré. Me siento ya mejor.

- CECILIA. -Tiene usted peor cara.

- ALGERNON. -Eso es porque tengo hambre.

- CECILIA. -¡Qué imprevisión la mía! Debía haberme acordado de que cuando va uno a empezar una vida completamente nueva hay que hacer comidas metódicas y sanas. ¿Quiere usted entrar?

- ALGERNON. -Gracias. ¿Podría llevarme antes una flor para el ojal? No tengo nunca apetito como no lleve una flor en el ojal.

- CECILIA. -¿Una Mariscal Niel? *(Coge unas tijeras.)*

- ALGERNON. -No, preferiría una rosa sonrosada.

- CECILIA. -¿Por qué? *(Corta una flor.)*

- ALGERNON. -Porque parece usted una rosa sonrosada, prima Cecilia.

- CECILIA. -No creo que esté bien que me hable usted como me habla. Miss Prism no me dice nunca esas cosas.

- ALGERNON. -Será entonces una vieja miope. *(CECILIA le pone la rosa en el ojal.)* Es usted la muchacha más bonita que he visto en mi vida.

- CECILIA. -Miss Prism, dice que los encantos físicos son un lazo.

- ALGERNON. -Un lazo en el que todo hombre sensato querría dejarse coger.

- CECILIA. -¡Oh! Creo que a mí no me gustaría coger a un hombre sensato. No sabría de qué hablar con él. *(Entran en la casa.* MISS PRISM *y el doctor* CASULLA *vuelven.)*

- MISS PRISM. -Está usted muy solo, mi querido doctor Casulla, Debería usted casarse. Puedo comprender un misántropo, ¡pero un mujerántropo jamás!

- CASULLA. *(Con un escalofrío de hombre docto.)*-No merezco, créame, un vocablo de tan marcado neologismo. El precepto, así como la práctica de la Iglesia primitiva, eran claramente opuestos al matrimonio.

- MISS PRISM.*(Sentenciosamente.)* -Esa es sin duda alguna la razón de que la Iglesia primitiva no haya durado hasta nuestros días. Y usted parece no darse cuenta, mi querido doctor, de que un hombre que se empeña en permanecer soltero se convierte en una perpetua tentación pública. Los hombres deberían ser más prudentes; su celibato mismo es el que pierde a las naturalezas frágiles.

- CASULLA. -¿Pero es que un hombre no tiene el mismo atractivo cuando está casado?

- MISS PRISM. -Un hombre casado no tiene nunca atractivo más que para su mujer.

- CASULLA. -Y con frecuencia, según me han dicho, ni siquiera para ella.

- MISS PRISM. -Eso depende de las simpatías intelectuales de la mujer. Se puede siempre confiar en la edad madura. Se puede dar crédito a la madurez. Las mujeres jóvenes están verdes. *(El doctor*

CASULLA *se estremece.)* Hablo en lenguaje de horticultura. Mi metáfora estaba tomada de las frutas. ¿Pero dónde está Cecilia?

- CASULLA. -Tal vez nos haya seguido a las escuelas. *(Entra JACK muy despacio por el fondo del jardín. Viene vestido de luto riguroso, con una gasa negra sobre la cinta del sombrero y guantes negros.)*

- MISS PRISM. -¡Míster Worthing!

- CASULLA. -¿Míster Worthing?

- MISS PRISM. -Esto es realmente una sorpresa. No le esperábamos a usted hasta el lunes por la tarde.

- JACK. *(Estrechando la mano de MISS PRISM con ademán trágico.)* -He regresado antes de lo que esperaba. ¿Supongo que estará usted bien, doctor Casulla?

- CASULLA. -Mi querido míster Worthing, ¿espero que ese traje de luto no significará ninguna terrible calamidad?

- JACK. -Mi hermano.

- MISS PRISM. -¿Más deudas vergonzosas, más locuras?

- CASULLA. -¿Sigue haciendo siempre su vida de placer?

- JACK. *(Inclinando la cabeza.)* -¡Muerto!

- CASULLA. -¿Ha muerto su hermano Ernesto?

- JACK. -Del todo.

- MISS PRISM. -¡Qué lección para él! Espero que le servirá.

- CASULLA. -Míster Worthing, le doy a usted mi sincero pésame. Tiene usted al menos el consuelo de saber que fue usted siempre el más generoso y el más indulgente de los hermanos.

- JACK. -¡Pobre Ernesto! Tenía muchos defectos, pero es un golpe doloroso, muy doloroso.

- CASULLA. -Muy doloroso, en efecto. ¿Estaba usted con él en sus últimos momentos?

- JACK. -No. Ha muerto en el extranjero; en París, sí. Recibí anoche un telegrama del gerente del Gran Hotel.

- CASULLA. -¿Indicaba la causa de la muerte?

- JACK. -Un fuerte enfriamiento, según parece.

- MISS PRISM. -Cada hombre recoge lo que siembra.

- CASULLA.*(Levantando la mano.)*-¡Caridad, mi querida miss Prism; caridad! Ninguno de nosotros es perfecto. Yo mismo tengo una debilidad especial por el juego de las damas. ¿Y el entierro, tendrá lugar aquí?

- JACK. -No. Parece ser que expresó el deseo de que le enterrasen en París.

- CASULLA. -¡En París! *(Moviendo la cabeza.)* Temo que ese detalle indique la poca sensatez de su estado de ánimo en los últimos momentos. Deseará usted, sin duda, que haga yo el domingo próximo alguna ligera alusión a esta desgracia doméstica. *(JACK le aprieta la mano convulsivamente.)* Mi sermón sobre el significado del maná en el desierto puede adaptarse a casi todas las situaciones alegres o, como en el presente caso, luctuosas. *(Todos suspiran.)* Lo he predicado en fiestas de segadores, en bautizos, confirmaciones, días de penitencia y días solemnes. La última vez que lo pronuncié fue en la Catedral, como sermón de caridad a beneficio de la preventiva contra el descontento entre las clases altas. Al obispo, que estaba presente, le causaron mucha impresión algunas de las comparaciones que hice.

- JACK. -¡Ah! ¿No ha hablado usted de bautizos, doctor Casulla? Porque eso me recuerda una cosa. ¿Supongo que sabrá usted bautizar muy bien? *(El doctor* CASULLA *se queda estupefacto.)* Quiero decir como es natural, que estará usted bautizando continuamente, ¿no es eso?

- MISS PRISM. -Siento decir que ese es uno de los deberes más constantes del rector en esta parroquia. Yo he hablado más de una vez a las clases menesterosas sobre ese asunto. Pero parecen ignorar lo que es economía.

- CASULLA. -Pero, ¿hay algún niño

determinado por quien se interesa usted, míster Worthing? Su hermano creo que era soltero, ¿verdad?

- JACK. -¡Oh, sí!

- MISS PRISM. *(Con amargura.)* -La gente que vive únicamente para el deleite lo suele ser.

- JACK. -Pero no es para ningún niño, mi querido doctor. Me gustan mucho los niños. ¡No! El caso es que quisiera yo ser bautizado esta tarde, sí no tiene usted nada mejor que hacer.

- CASULLA. -¿Pero seguramente, míster Worthing, estará usted ya bautizado?

- JACK. -No recuerdo absolutamente nada.

- CASULLA. -¿Pero tiene usted alguna duda importante sobre eso?

- JACK. -Creo tenerla. Claro es que no sé si la cosa le molestará a usted si le parezco ya un poco viejo.

- CASULLA. -No, por cierto. La aspersión y hasta la inmersión de los adultos son prácticas, perfectamente canónicas.

- JACK. -¡La inmersión!

- CASULLA. -No tenga usted cuidado. Basta con la aspersión, y es inclusive lo que le aconsejo. ¡Está el tiempo tan variable! ¿A qué hora desea usted que se efectúe la ceremonia?

- JACK. -¡Oh! Podríamos quedar en las cinco, si a usted le conviene.

- CASULLA. -¡Perfectamente, perfectamente! Tengo además otras dos ceremonias similares a esa hora. Han nacido recientemente dos gemelos en una de las quintas alejadas de la finca de usted. El pobre Jenkins, el carretero, es un hombre que trabaja de firme.

- JACK. -¡Oh! No me parece muy chistoso ser bautizado en compañía de otros rorros. Sería infantil. ¿Le parecería a usted bien a las cinco y media?

- CASULLA. -¡Admirablemente! ¡Admirablemente! *(Saca el reloj.)* Y ahora, mi querido míster Worthing, no quiero molestar más tiempo en su casa, sumida en la pesadumbre. Le aconsejaría tan solo que no se dejase abatir demasiado por el dolor. Las que nos parecen pruebas amargas, son muchas veces beneficios disfrazados.

- MISS PRISM. -Esto me parece un beneficio evidente. *(Entra* CECILIA*, que viene de la casa.)*

- CECILIA. -¡Tío Jack! ¡Oh! Me alegro muchísimo de verle a usted ya de vuelta. ¡Pero qué traje tan horrible se ha puesto usted! Vaya usted a cambiar de ropa.

- MISS PRISM. -¡Cecilia!

- CASULLA. -¡Hija mía! ¡Hija mía! *(*CECILIA *se dirige hacia* JACK*; éste la besa en la frente con aire melancólico.)*

- CECILIA. -¿Qué ocurre, tío Jack? ¡Póngase usted alegre! Parece que tiene usted dolor de muelas. ¡Qué sorpresa le preparo! ¿Quién cree usted que está en el comedor? ¡Su hermano!

- JACK. -¿Quién?

- CECILIA. -Su hermano Ernesto. Ha llegado hace una media hora.

- JACK. -¡Qué disparate! Yo no tengo hermano.

- CECILIA. -¡Oh, no diga usted eso! Por mal que se haya portado con usted anteriormente, no por eso deja de ser su hermano. No es posible que tenga usted tan poco corazón como para renegar de él. Voy a decirle que salga. Y le dará usted la mano, ¿verdad, tío Jack? *(Corriendo, vuelve a entrar en la casa.)*

- CASULLA. -Estas sí que son noticias alegres.

- MISS PRISM. -Después de estar todos nosotros resignados a su pérdida, ese retorno inesperado me parece singularmente calamitoso.

- JACK. -¿Que mi hermano está en el comedor? No sé qué querrá decir todo esto. Lo encuentro completamente absurdo.

(Entran ALGERNON y CECILIA, cogidos de la mano. Se dirigen muy despacio hacia JACK.)

- JACK. -¡Santo Dios! *(Con un gesto ordena a* ALGERNON *que se marche.)*

- ALGERNON. -Hermano John, he venido desde Londres para decirte que siento muchísimo todos los disgustos que te he dado y que estoy decidido a enmendarme por completo en lo sucesivo. *(JACK le mira con ojos furibundos y no le tiende la mano.)*

- CECILIA. -Tío Jack, ¿no irá usted a negarle la mano a su propio hermano?

- JACK. -Nada me moverá a estrechar su mano. Su venida aquí me parece ignominiosa. Él sabe muy bien por qué.

- CECILIA. -Tío Jack, sea usted bueno. Siempre hay algo bueno en todo el mundo. Ernesto me hablaba precisamente de su pobre amigo paralítico, míster Bunbury, al que visita con mucha frecuencia. Y seguramente tiene que haber mucha bondad en quien la tiene con un enfermo, y renuncia a los placeres de Londres para sentarse junto a un lecho de dolor.

- JACK. -¡Oh! Ha estado hablando de Bunbury, ¿verdad?

- CECILIA. -Sí, me ha contado todo cuanto se refiere a ese pobre míster Bunbury, y a su terrible estado de salud.

- JACK. -¡Bunbury! Bueno, pues no quiero que vuelva a hablarte de Bunbury ni de nada. ¡Es para volverse completamente loco!

- ALGERNON. -Reconozco, naturalmente, que es mía toda la culpa. Pero debo decir, y así lo creo, que la frialdad de mi hermanó John me es particularmente dolorosa. Yo esperaba una acogida más calurosa, sobre todo teniendo en cuenta que es la primera vez que vengo aquí.

- CECILIA. -Tío Jack, si no le da usted la mano a Ernesto, no se lo perdonaré nunca.

- JACK. -¿Qué no me perdonarás nunca?

- CECILIA. -¡Nunca, nunca, nunca!

- JACK. -Bueno, es la última vez que lo hago. (*Le da la mano a* ALGERNON, *mirándole con ojos llameantes.*)

- CASULLA. -¿Es muy agradable, verdad, presenciar una reconciliación tan perfecta? Yo creo, que podíamos dejar solos a los dos hermanos.

- MISS PRISM. -Cecilia, ¿tendrá usted la bondad de venirle con nosotros?

- CECILIA. -Claro que sí, miss Prism. Mi pequeño trabajo de reconciliación ha terminado.

- CASULLA. -Ha realizado usted una acción muy hermosa, hija mía.

- MISS PRISM. -No debemos ser prematuros en nuestros juicios.

- CECILIA. -Me siento muy dichosa.

(Salen todos; menos JACK *y* ALGERNON.)

- JACK. -Y tú, Algy, joven sinvergüenza, tienes que marcharte de aquí lo antes posible. ¡No permito ningún Bunburysmo aquí! *(Entra* MERRIMAN.)

- MERRIMAN. -He puesto las cosas de míster Ernesto en la habitación contigua a la del señor. ¿Supongo que estará bien?

- JACK. -¿El qué?

- MERRIMAN. -El equipaje de míster Ernesto. Lo he desempaquetado y lo he puesto en la habitación contigua a la del señor.

- JACK. -¿Su equipaje?

- MERRIMAN. -Sí, señor. Tres maletas, un neceser de viaje, dos sombrereras y una fiambrera grande.

- ALGERNON. -Temo no poder quedarme más de una semana.

- JACK. -Merriman, mande usted enganchar el coche en seguida. Míster Ernesto tiene que regresar repentinamente a Londres.

- MERRIMAN. -Bien, señor. *(Vuelve a la casa.)*

- ALGERNON. -¡Qué mentiroso más tremendo eres, Jack! Yo no tengo que regresar a Londres en absoluto.

- JACK. -Ya lo creo que tienes que regresar.

- ALGERNON. -No sabía yo que me llamaba nadie.

- JACK. -Tu deber de caballero te llama allí.

- ALGERNON. -Mi deber de caballero no se ha metido nunca para nada en mis diversiones.

- JACK. -Lo comprendo perfectamente.

- ALGERNON. -Además, Cecilia es encantadora.

- JACK. -No tienes que hablar así de miss Cardew. Me desagrada muchísimo.

- ALGERNON. -Bueno, y a mí no me gusta nada tu traje. Te da un aspecto muy ridículo. ¿Por qué demonios no vas a cambiarte de ropa? Resulta una completa niñería ponerse de luto riguroso por un hombre que va a pasarse de hecho una semana entera contigo, en tu casa, en calidad de huésped. Yo lo califico de grotesco.

JACK. -Ten la seguridad de que no te pasas conmigo una semana entera ni como huésped ni como nada. Tienes que marcharte... en el tren de las cuatro y cinco.

- ALGERNON. -Ten la seguridad de que

yo no me marcho de tu casa mientras estés de luto. Sería la mayor falta de amistad. Supongo que si estuviera yo de luto te quedarías acompañándome, y si no lo hacías me parecería una gran falta de cariño.

- JACK. -Bueno; ¿te marcharás si me cambio de traje?

- ALGERNON. -Sí, con tal de que no tardes demasiado. No he visto nunca a nadie que tarde tanto en vestirse y con tan pobre resultado.

- JACK. -Pues, después de todo, mejor es eso que no ir siempre tan excesivamente elegante como tú.

- ALGERNON. -Si algunas veces voy excesivamente elegante, lo compenso siendo siempre excesivamente educado.

- JACK. -Tu vanidad es ridícula, tu conducta un ultraje y tu presencia en mi jardín completamente absurda. Sea como fuere, tendrás que tomar el tren de las cuatro y cinco y te desearé buen viaje hasta Londres. Este Bunburysmo, como tú lo llamas, no ha sido un gran éxito para ti. *(Se interna en la casa.)*

- ALGERNON. -Pues yo creo que ha sido un gran éxito. ¡Estoy enamorado de Cecilia, y esto es todo! *(Entra* CECILIA *por el fondo del jardín. Coge la regadera y se pone a regar las flores.)* Pero es preciso que la vea antes de irme, y que lo prepare todo para otro Bunbury. ¡Ah, hela aquí!

- ALGERNON. -¡Oh! No he vuelto más que a regar las rosas. Creí que estaba usted con el tío Jack.

- ALGERNON. -Ha ido a decir que enganchen el coche para mí.

- CECILIA. -¡Ah! ¿Va a llevarle a usted a dar un buen paseo?

- ALGERNON. -Va a echarme.

- CECILIA. -Entonces, ¿tenemos que separarnos?

- ALGERNON. -Eso temo. Es una separación muy dolorosa.

- CECILIA. -Siempre es doloroso

separarse de las personas que ha conocido uno recientemente. La ausencia de los antiguos amigos puede sobrellevarse con serenidad. Pero una separación, aun siendo momentánea, de una persona que acaban de presentarnos, es casi intolerable.

- ALGERNON. -Gracias. *(Entra* MERRIMAN.)

- MERRIMAN. -El coche está en la puerta, señor. *(ALGERNON mira suplicante a* CECILIA.)

- CECILIA. -Diga usted que espere... cinco minutos, Merriman.

- MERRIMAN. -Bien, miss. *(Sale* MERRIMAN.)

- ALGERNON. -Espero, Cecilia, que no la ofenderé si la declaro con toda franqueza, abiertamente, que me parece usted por todos estilos la personificación visible de la perfección absoluta.

- CECILIA. -Creo que su franqueza le honra mucho, Ernesto. Si usted me lo permite, copiaré sus observaciones en mi diario. *(Va hacia la mesa y se pone a escribir en el diario.)*

- ALGERNON. -¿Lleva usted de verdad un diario? Daría cualquier cosa por echarle un vistazo. ¿Me deja usted?

- CECILIA. -¡Oh, no! *(Coloca su mano sobre el diario.)* Comprenderá usted que esto es, sencillamente, la relación de los pensamientos e impresiones de una muchacha muy joven, y que está hecho, por consiguiente, con la intención de publicarlo. Cuando aparezca en volumen, espero que pedirá usted un ejemplar. Pero continúe usted, Ernesto; se lo ruego. Me encanta escribir al dictado. Me he quedado en «perfección absoluta». Puede usted continuar. Estoy dispuesta a seguir escribiendo.

- ALGERNON. *(Algo cortado.)*-¡Ejem! ¡Ejem!

- CECILIA. -¡Oh, no tosa usted, Ernesto! Cuando se dicta hay que hablar con soltura y sin toser. Además, no sé cómo se escribe tos. *(Va escribiendo a medida que habla* ALGERNON.*)*

- ALGERNON. *(Hablando muy de prisa.)*-
Cecilia, desde que contemplé por primera
vez su maravillosa e incomparable belleza,
me he atrevido a amarla a usted locamente,
apasionadamente, fervorosamente, desesperadamente.

- CECILIA. -Yo creo que no debía usted
decirme que me ama locamente, apasionadamente, fervorosamente, desesperadamente. Desesperadamente parece no tener
mucho sentido, ¿verdad?

-    ALGERNON.   -¡Cecilia!   *(Entra*
MERRIMAN.*)*

- MERRIMAN. -Señor, el coche está
esperando.

- ALGERNON. -Dígale usted que vuelva
la semana próxima, a la misma hora.

- MERRIMAN. *(Mirando a* CECILIA*, que
no le hace ningún caso.)* -Bien, señor. *(Vase*
MERRIMAN.*)*

- CECILIA. -El tío Jack se disgustaría

mucho si supiese que iba usted a quedarse hasta la semana próxima, a la misma hora.

- ALGERNON. -¡Oh! Me tiene sin cuidado Jack. No me preocupa nadie en el mundo entero más que usted. La amo, Cecilia. ¿Quiere usted casarse conmigo?

- CECILIA. -¡Tontín! Claro que sí. ¡Como que somos novios hace ya tres meses!

- ALGERNON. -¿Hace ya tres meses?

- CECILIA. -Sí, el jueves hará tres meses justos.

- ALGERNON. -Pero, ¿y cómo nos hemos hecho novios?

- CECILIA. -Pues desde que el querido tío Jack nos confesó que tenía un hermano menor que era muy malo y muy perdido, se convirtió usted, naturalmente, en el tema principal de las conversaciones entre miss Prism y yo. Y claro es que un hombre de quien se habla mucho resulta siempre muy atrayente. Siente una que debe haber algo en él, después de todo. Confieso que fue una necedad mía, pero me enamoré de usted, Ernesto.

- ALGERNON. -¡Vida mía! ¿Y cuándo empezó, realmente, el noviazgo?

- CECILIA. -El jueves 14 de febrero último. Cansada de que ignorase usted por completo mi existencia, decidí acabar de un modo o de otro, y después de una larga lucha conmigo misma, le dije a usted que sí, debajo de ese añoso y amado árbol. Al día siguiente compré este pequeño anillo en nombre de usted y esta es la pulsera con el verdadero lazo del amor que le he prometido a usted llevar siempre.

- ALGERNON. -¿Y se la di yo a usted? Es muy bonita, ¿verdad?

- CECILIA. -Sí, tiene usted un gusto admirable, Ernesto. Esa es la disculpa que yo he dado siempre a la mala vida que llevaba usted. Y esta es la cajita en donde guardo todas sus amadas cartas. *(Se arrodilla ante la mesa, abre la caja y enseña unas cartas atadas con una cinta azul.)*

- ALGERNON. -¡Mis cartas! ¡Pero mi encantadora Cecilia, si yo no la he escrito a usted jamás ninguna carta!

- CECILIA. -No necesita usted recordármelo, Ernesto. Demasiado bien sé que he tenido que escribirlas por usted. Escribía siempre tres veces por semana y algunas veces más.

- ALGERNON. -¡Oh! ¿Me deja usted que las lea?

- CECILIA. -¡Imposible! Se pondría usted demasiado engreído. *(Vuelve a colocarlas en la caja.)* Las tres que me escribió usted después que reñimos son tan hermosas y con tan mala ortografía, que aun ahora mismo no puedo leerlas sin llorar un poco.

- ALGERNON. -¿Pero es que hemos reñido alguna vez?

- CECILIA. -Claro. El día 22 del pasado marzo. Puede usted verlo aquí anotado, si quiere. (Enseñándole el diario.) «Hoy he roto con Ernesto. Comprendo que es preferible esto. El tiempo, hasta ahora, continúa encantador.»

- ALGERNON. -Pero, ¿por qué demonios rompió usted conmigo? ¿Qué había yo hecho?

Absolutamente nada. Cecilia, me duele muchísimo oírla a usted decir que hemos reñido. Sobre todo, estando el tiempo tan encantador.

- CECILIA. -Hubiera sido un noviazgo muy poco serio si no hubiéramos reñido una vez por lo menos. Pero le perdoné a usted antes de acabar la semana.

- ALGERNON. *(Yendo hacia ella y arrodillándose a sus pies.)* -¡Qué ángel de perfección es usted, Cecilia!

- CECILIA. -¡Ah, qué muchacho más romántico! *(Él la besa y ella le acaricia los cabellos.)* Supongo que el ondulado de su pelo es natural, ¿verdad?

- ALGERNON. -Sí, alma mía; con una pequeña ayuda ajena.

- CECILIA. -Me alegro muchísimo.

- ALGERNON. -¿No volverá usted nunca a reñir conmigo, Cecilia?

- CECILIA. -No creo que pudiera reñir con usted ahora que le he conocido auténticamente. Además, hay la cuestión del nombre, como es natural.

- ALGERNON. *(Nerviosamente.)*- Sí, sí, naturalmente.
- CECILIA. -No se ría usted de mí, amor mío, pero siempre fue uno de mis sueños de niña amar a un hombre que se llamase Ernesto. *(ALGERNON se levanta y Cecilia también.)* Hay algo en ese nombre que parece inspirar absoluta confianza. Compadezco a las pobres mujeres casadas cuyos maridos no se llamen Ernesto.
- ALGERNON. -Pero, niñita adorada, ¿no querrá usted decir que no podría amarme si me llamase de otra manera?
- CECILIA. -¿Pero qué nombre?
- ALGERNON. -¡Oh! El que usted quiera... Algernon... por ejemplo...
- CECILIA. -Pues no me gusta el nombre de Algernon.
- ALGERNON. -No veo realmente, adora-da mía, encanto, chiquilla de mi alma, qué tiene usted que objetar al nombre de Algernon. Es un nombre nada feo. En realidad, es por el contrario un

nombre aristocrático. La mitad de los muchachos que comparecen ante el Tribunal de Quiebras se llamen Algernon. Pero en serio, Cecilia... *(Acercándose a ella.)* Si me llamase Algy, ¿no podría usted amarme?

-   CECILIA.   *(Levantándose.)*-Podría respetarle a usted, Ernesto; podría admirar su carácter, pero me temo que no sería capaz de concederle mi atención íntegra.

- ALGERNON. -¡Ejem! ¡Cecilia! *(Cogiendo su sombrero.)* ¿Supongo que el párroco de aquí estará muy ducho en la práctica y en todos los ritos y ceremonias de la Iglesia?

- CECILIA. -¡Oh, sí! El doctor Casulla es un hombre doctísimo. No ha escrito jamás un solo libro, así es que puede usted figurarse lo mucho que sabe.

-   ALGERNON. -Necesito verle en seguida para un bautizo importantísimo..., digo para un asunto importantísimo.

- CECILIA. -¡Oh!

- ALGERNON. -Estaré ausente media hora nada más.

- CECILIA. -Teniendo en cuenta que somos novios desde el jueves 14 de febrero, y que le he conocido a usted por primera vez, creo que sería más bien molesto que me dejase usted sola por un tiempo tan largo como media hora. ¿No podría usted dejarlo en veinte minutos?

- ALGERNON. -Vuelvo dentro de nada.

(La besa y sale corriendo por el jardín.)

- CECILIA. -¡Qué muchacho más impetuoso es! ¡Me gusta tanto su pelo! Tengo que apuntar su declaración en mi diario.

(Entra MERRIMAN.)

- MERRIMAN. -Miss Fairfax acaba de llegar y quiere ver a míster Worthing. Es para un asunto importantísimo, según dice.

- CECILIA. -¿No está míster Worthing en su biblioteca?

- MERRIMAN. -Míster Worthing salió en dirección a la parroquia, hace ya un rato.

- CECILIA. -Dígale usted a esa señora que ten-ga la bondad de venir aquí. Míster Worthing volverá seguramente en seguida. Y puede usted traer el té.

- MERRIMAN. -Bien, señorita. *(Sale.)*

- CECILIA. -¡Miss Fairfax! Supongo que será una de esas infinitas buenas señoras de edad madura que colaboran con el tío Jack en alguna de sus obras filantrópicas de Londres. No me gustan mucho las mujeres que toman parte en obras filantrópicas. Las encuentro muy atrevidas. *(Entra MERRI-MAN.)*

- MERRIMAN. -Miss Fairfax. *(Entra GUNDELINDA. Sale MERRIMAN.)*

- CECILIA. *(Yendo a su encuentro.)*- Permítame que me presente a usted yo misma. Me llamo Cecilia Cardew.

- GUNDELINDA -¿Cecilia Cardew? *(Dirigiéndose hacia ella y estrechándola la* mano.) ¡Qué nombre más encantador! Algo me dice que vamos a ser grandes amigas. Siento por usted un afecto indecible. Mi primera impresión ante la gente no me engaña nunca.

- CECILIA. -¡Qué amable es semejante afecto por su parte, dado el poco tiempo, relativamente, que nos conocemos! Siéntese usted, se lo ruego.

- GUNDELINDA *(Sigue de pie.)* -¿Puedo llamarla a usted Cecilia, verdad?

- CECILIA. -¡Con mucho gusto!

- GUNDELINDA -¿Y usted me llamará siempre Gundelinda, verdad?

- CECILIA. -Si usted quiere.

- GUNDELINDA -Entonces está convenido, ¿no es eso?

- CECILIA. -Tal creo. *(Una pausa. Siéntanse las dos juntas.)*

- GUNDELINDA -Quizá sea ésta la ocasión de decirle quién soy. Mi padre es lord Bracknell. ¿Supongo que no habrá usted oído nunca hablar de papá?

- CECILIA. -No creo.

- GUNDELINDA -Fuera del círculo de su familia, papá, me complace decirlo, es completamente desconocido. Yo encuentro que así debe ser. El hogar me parece la esfera natural del hombre. Y realmente, en cuanto el hombre empieza a descuidar sus deberes domésticos se vuelve dolorosamente afeminado, ¿no es cierto? Y eso a mí no me gusta. ¡Hace a los hombres tan atractivos! Cecilia, mamá, que tiene unas ideas muy rígidas sobre la educación, me ha enseñado a ser de una miopía extraordinaria, ¡es una de las partes de su sistema! ¿No la molestará a usted, por lo tanto, que la mire con mis impertinentes?

- CECILIA. -¡Oh! Nada absolutamente, Gundelinda. Me gusta muchísimo que me miren.

- GUNDELINDA *(Después de examinar minuciosamente a* CECILIA *con sus impertinentes.)* -¿Supongo que estará usted aquí de visita?

- CECILIA. -¡Oh, no! Vivo aquí.

- GUNDELINDA *(Con severidad.)* -¿De verdad? ¿Sin duda su madre o alguna parienta de edad avanzada reside también aquí?

- CECILIA. -¡Oh, no! No tengo madre, ni, en realidad, ningún pariente.

- GUNDELINDA -¿Es posible?

- CECILIA. -Mi querido tutor, con ayuda de miss Prism, asume la ardua tarea de velar por mí.

- GUNDELINDA -¿Su tutor?

- CECILIA. -Sí, soy la pupila de míster Worthing.

- GUNDELINDA -¡Oh! Es raro que no me haya dicho nunca que tenía una pupila. ¡Qué reservado es! Cada hora que pasa resulta más interesante. Sin embargo, no creo que la noticia me inspire un sentimiento de alegría sin mezcla. *(Levantándose y yendo hacia ella.)* La estimo a usted mucho, Cecilia; ¡la estimé desde el primer momento en que la vi! Pero me veo en la obligación de decirla que ahora que sé que es usted la pupila de míster Worthing, no puedo dejar de expresar el deseo de que fuese usted... vamos, un poco más vieja de lo que parece... y no tan seductora de aspecto. En resumen, y si puedo hablar con entera franqueza...

- CECILIA. -¡Hable usted, se lo ruego! Yo creo que cuando tiene uno algo desagradable que decir, hay que ser siempre franco.

- GUNDELINDA -Bueno, pues hablando con entera franqueza, Cecilia, hubiera yo querido que tuviese usted cuarenta y dos años cumplidos y que fuera más fea de lo que se suele ser a esa edad. Ernesto tiene un carácter enérgico y recto. Es la esencia misma de la verdad y del honor. La deslealtad le sería tan imposible como el engaño. Pero hasta los hombres que tienen el espíritu más noble que pueda existir, son sumamente sensibles a la influencia de los encantos físicos de los demás. La Historia moderna, lo mismo que la antigua, nos proporciona un gran número de lamentables ejemplos del caso a que me refiero. Si no fuera así, realmente, la Historia sería completamente ilegible.

- CECILIA. -Usted perdone, Gundelinda. ¿Ha dicho usted Ernesto?

- GUNDELINDA -Sí.

- CECILIA. -Pero mi tutor no es míster Ernesto Worthing. Es su hermano..., su hermano mayor.

- GUNDELINDA *(Sentándose de nuevo.)*- Ernesto no me ha dicho nunca que tuviese un hermano.

- CECILIA. -Siento decir que durante mucho tiempo no han estado en buenas relaciones.

- GUNDELINDA -¡Ah! Eso lo explica todo. Y ahora que pienso, no he oído nunca a nadie hablar de su hermano. El tema parecía desagradable por lo visto a la mayoría de la gente. Cecilia, me ha quitado usted un gran peso de encima. Empezaba a sentirme casi inquieta. Hubiera sido terrible que una nube cualquiera empañase una amistad como la nuestra, ¿no le parece? Dígame: ¿está usted segura, completamente segura, de que míster Ernesto Worthing no es su tutor?

- CECILIA. -Completamente segura. *(Una*

pausa.) En realidad voy yo a ser su tutora.

- GUNDELINDA *(Con tono interrogador.)-* ¿Me hace usted el favor de repetirlo?

- CECILIA. *(Con cierta timidez y confidencialmente.)-* Mi querida Gundelinda, no hay razón alguna para que le guarde a usted un secreto. Nuestro periodiquito local recogerá seguramente la noticia la semana próxima. Míster Ernesto Worthing y yo somos novios y nos casaremos.

- GUNDELINDA *(Levantándose, muy cortésmente.)-* Mi querida Cecilia, creo que debe haber en eso algún pequeño error. Míster Ernesto Worthing es mi prometido. La noticia aparecerá en el *Morning Post* del sábado, lo más tarde.

- CECILIA. *(Muy cortésmente, levantándose.)-* Temo que esté usted ligeramente equivocada. Ernesto se me ha declarado hace diez minutos justos. *(Enseña su diario.)*

- GUNDELINDA *(Examinando atentamente el diario con los impertinentes puestos)-* Es realmente curiosísimo, pues me rogó que fuese su esposa ayer tarde, a las cinco y media. Si quiere usted comprobar el hecho, hágalo, se lo ruego. *(Sacando su propio diario.)* No viajo jamás sin mi diario. Debe una llevar siempre algo sensacional para leer en el tren. Sentiría mucho, querida Cecilia, que esto pudiese causarla alguna decepción, pero creo que mi derecho es preeminente.

- CECILIA. -Lamentaría de un modo indecible, mi querida Gundelinda, tener que causarla algún dolor moral o físico, pero me creo en la obligación de hacerla notar que desde que Ernesto se declaró a usted ha cambiado de opinión evidentemente.

- GUNDELINDA *(Con aire meditabundo.)* - Si ese pobre muchacho se ha dejado coger en la trampa de alguna promesa disparatada, consideraré un deber mío librarle de ella sin tardanza y con mano firme.

- CECILIA. *(Con aire pensativo y melancólico.)* -Sea el que fuera el desdichado enredo en que pueda haberse metido mi novio, no se lo reprocharé nunca después de casados.

- GUNDELINDA -¿Me alude usted a mí, miss Cardew, al hablar de enredo? Es usted muy atrevida. En una ocasión como ésta es más que un deber moral decir lo que se piensa. Se convierte en un placer.

- CECILIA. -¿Quiere usted insinuar, miss Fairfax, que yo he cogido en una trampa a Ernesto para que se declarase? ¿Cómo se atreve usted a eso? No es éste el momento de andarse con fingidos miramientos. Cuando veo un azadón, lo llamo azadón.

- GUNDELINDA *(Con ironía.)*-Me encanta poder decir que yo no he visto nunca un azadón. Claro es que nuestras esferas sociales son muy diferentes. *(Entra MERRIMAN, seguido de un lacayo. Trae una bandeja, un mantel y una mesita con el servicio. CECILIA está a punto de replicar. La presencia de los criados ejerce una influencia moderadora, bajo la cual ambas muchachas se revuelven rabiosas.)*

- MERRIMAN. -¿Hay que servir el té como de costumbre, miss?

- CECILIA. *(En tono severo, pero tranquilo.)*-Sí, como de costumbre. *(MERRIMAN empieza a desocupar la mesa y a colocar el mantel. Pausa larga. CECILIA y GUNDELINDA se miran furiosas.)*

- GUNDELINDA -¿Hay muchas excursiones interesantes por las cercanías, miss Cardew?

- CECILIA. -¡Oh, sí! Muchísimas. Desde lo alto de una de las colinas cercanas se pueden ver cinco provincias.

- GUNDELINDA -¡Cinco provincias! No creo que eso me gustase nada; detesto las aglomeraciones.

- CECILIA. *(Con dulzura.)*-Supongo que por eso vive usted en Londres. *(GUNDELINDA se muerde los labios y se golpea nerviosamente el pie con su sombrilla.)*

- GUNDELINDA *(Mirando en torno suyo.)* -¡Qué jardín tan bien cuidado, miss Cardew!

- CECILIA. -Encantada de que le guste, miss Fairfax.

- GUNDELINDA -No tenía yo idea de que hubiese flores en el campo.

- CECILIA. -¡Oh! Las flores son aquí tan vulgares como la gente en Londres, miss Fairfax.

- GUNDELINDA -Por lo que a mí se refiere, no puedo comprender cómo se las arregla nadie para vivir en el campo, si es que hay alguien que haga semejante cosa. El campo me aburre siempre mortalmente.

- CECILIA. -¡Ah! Eso es lo que los periódicos llaman depresión agrícola, ¿verdad? Creo que la aristocracia la padece mucho ahora, precisamente. Es casi una epidemia entre ella, según me han dicho. ¿Quiere usted una taza de té, miss Fairfax?

- GUNDELINDA *(Con refinada cortesía.)* - Gracias. *(Aparte.)* ¡Odiosa muchacha! ¡Pero tengo hambre!

- CECILIA. *(Con dulzura.)*- ¿Azúcar?

- GUNDELINDA *(Con altivez.)*-No, gracias. El azúcar no está ya de moda. *(Cecilia la mira con indignación, coge las pinzas y echa cuatro terrones de azúcar en la taza.)*

- CECILIA. *(Secamente.)*-¿Tarta o pan con manteca?
- GUNDELINDA *(Con aire displicente.)*-Pan con manteca, si hace el favor. La tarta no se ve hoy día casi en las casas buenas.
- CECILIA. *(Cortando una gran rebanada de tarta y poniéndola en el plato.)*-Pase usted esto a miss Fairfax. *(MERRIMAN obedece y sale con el lacayo. GUNDELINDA bebe el té y hace una mueca. Deja enseguida la taza, alarga la mano hacia el pan con manteca, lo mira y se encuentra con que es tarta. Se levanta indignada.)*
- GUNDELINDA -Me ha llenado usted el té de terrones de azúcar, y aunque he pedido con toda claridad pan con manteca, me ha dado usted tarta. Todo el mundo conoce la dulzura de mi carácter y la extraordinaria bondad de mi genio, pero le advierto, miss Cardew, que va usted demasiado lejos.
- CECILIA. *(Levantándose.)*-Por salvar a mi pobre, inocente y fiel prometido de las maquinaciones de cualquier otra

muchacha, iría yo todo lo lejos que fuese necesario.

- GUNDELINDA -Desde el momento en que la vi, desconfié de usted y sentí que era usted falsa y solapada. No me equivoco nunca en estas cosas. Mi primera impresión ante la gente es invariablemente cierta.

- CECILIA. -Paréceme, miss Fairfax, que estoy abusando de su precioso tiempo. Tendría usted, sin duda, otras muchas visitas del mismo género que hacer en la vecindad. *(Entra* JACK.)

- GUNDELINDA *(Al verle.)*-¡Ernesto! ¡Mi Ernesto!

- JACK. -¡Gundelinda! ¡Encanto mío! *(Va a besarla.)*

- GUNDELINDA *(Retrocediendo.)* -¡Un momento! ¿Puedo preguntarle si es usted el prometido de esta señorita? *(Señalando a Cecilia.)*

- JACK. *(Riendo.)* -¡De mi querida Cecilita! ¡Claro que no lo soy! ¿Quién puede haberla metido a usted semejante idea en su linda cabecita?

- GUNDELINDA -Gracias. ¡Ahora ya puede usted!... *(Ofreciéndole su mejilla.)*
- CECILIA. *(Con mucha dulzura.)*-Ya sabía yo que debía haber alguna mala inteligencia. El caballero cuyo brazo rodea en este momento su talle es mi querido tutor, míster John Worthing.
- GUNDELINDA -¿Me hace usted el favor de repetirlo?
- CECILIA. -Que es el tío Jack.
- GUNDELINDA *(Retrocediendo.)* -¡Jack! ¡Oh! *(Entra ALGERNON.)*
- CECILIA. -Aquí está Ernesto.
- ALGERNON. *(Yendo directamente hacia CECILIA, sin reparar en los demás.)*- ¡Amor mío! *(Queriendo besarla.)*
- CECILIA. *(Retrocediendo.)*-¡Un momento, Ernesto! ¿Puedo preguntarle si es usted el prometido de esta señorita?
- ALGERNON. *(Mirando a su alrededor.)*- ¿Qué señorita? ¡Dios mío! ¡Gundelinda!
- CECILIA. -¡Sí! ¡Gundelinda! ¡Dios mío! De Gundelinda hablo.

- ALGERNON. *(Riendo.)*-¡Claro que no lo soy! ¿Quién puede haberla metido a usted semejante idea en su linda cabecita?

- CECILIA. -Gracias. *(Ofreciéndole* su *mejilla para que la bese.)* Ya puede usted. *(ALGERNON la besa.)* GUNDELINDA. -Ya sabía yo que debía haber algún error, miss Cardew. El caballero que la acaba de besar a usted es mi primo, míster Algernon Moncrieff.

- CECILIA. *(Separándose de* ALGERNON.*)* -¡Algernon Moncrieff! ¡Oh! *(Las dos muchachas se dirigen la una hacia la otra y se cogen mutuamente del talle, como para protegerse.)*

- CECILIA. -¿Se llama usted Algernon?

- ALGERNON. -No puedo negarlo.

- CECILIA. -¡Oh!

- GUNDELINDA -¿Se llama usted realmente John?

- JACK. *(Irguiéndose; con cierto orgullo.)*-Podría negarlo si se me antojase. Podría negarlo todo si quisiera. Pero me llamo realmente John. Y John he sido durante muchos años.

- CECILIA. *(A* GUNDELINDA.*)* -¡Las dos hemos sido engañadas groseramente!

- GUNDELINDA -¡Mi pobre Cecilia, ofendida!

- CECILIA. -¡Mi querida Gundelinda, ultrajada!

- GUNDELINDA *(Pausadamente y con gravedad.)* -Me llamará usted hermana, ¿verdad? *(Se abrazan.* JACK *y* ALGERNON *murmuran por lo bajo, paseándose de arriba abajo.)*

- CECILIA. *(Con cierta viveza)* -Hay precisamente una pregunta que desearía me permitiesen hacer a mi tutor.

- GUNDELINDA -¡Admirable idea! Míster Worthing, hay precisamente una pregunta que desearía me permitiesen hacerle. ¿Dónde está su hermano Ernesto? Ambas estamos prometidas a su hermano Ernesto; así es que tiene cierta importancia para nosotras saber dónde está en la actualidad su hermano Ernesto.

- JACK. *(Lentamente y con vacilación)-*

Gundelinda... Cecilia... Es muy penoso para mí verme obligado a decir la verdad. Es la primera vez en mi vida que me veo en una situación tan penosa, y realmente carezco por completo de experiencia en la materia. Sin embargo, les diré a ustedes con toda franqueza que yo no tengo ningún hermano Ernesto. No tengo ningún hermano en absoluto. No he tenido en mi vida ningún hermano ni entra realmente en mis intenciones tenerlo en lo futuro.

- CECILIA. *(Sorprendida.)*-¿Que no tiene usted ningún hermano en absoluto?

- JACK. *(Alegremente)* -¡Ninguno!

- GUNDELINDA *(Con severidad.)* -¿No ha tenido usted nunca hermano de ninguna clase?

- JACK. *(Con jovialidad.)* -Nunca, de ninguna clase.

- GUNDELINDA -Me parece, Cecilia, que ninguna de las dos estamos prometidas a nadie.

- CECILIA. -No es una situación muy agradable para una muchacha encontrarse de repente así, ¿verdad?

- GUNDELINDA -Vamos a casa. No creo que tengan el atrevimiento de seguirnos allí.

- CECILIA. -No; ¡Son tan cobardes los hombres! *(Los miran despreciativamente y entran en la casa.)*

- JACK. -¿Y a este horroroso lío es a lo que tú llamas Bunburysmo, no es eso?

- ALGERNON. -Sí, y Bunburysmo del mejor. El Bunburysmo más admirable que he visto en mi vida.

- JACK. -Bueno, pues no tienes el menor derecho a Bunburyzar aquí.

- ALGERNON. -Eso es absurdo. Tiene uno derecho a Bunburyzar donde se le antoje. Todo Bunburysta serio lo sabe.

- JACK. -¡Bunburysta serio! ¡Dios mío!

- ALGERNON. ¡Sí! Hay que ser serio para unas cosas u otras, cuando desea uno divertirse algo en la vida. A mí se me ocurre ser serio en lo tocante al Bunburysmo. No tengo ni la más remota idea de lo que haces tú en serio. Me figuro que acaso todo. ¡Tienes un carácter tan absolutamente trivial!

- JACK. -Bueno, la única pequeña satisfacción que tengo en todo este desdichado asunto, es que tu amigo Bunbury se ha ido a paseo. ¡Ya no podrás escaparte al campo tan a menudo como solías hacerlo, mi querido Algy! Lo cual está muy bien.

- ALGERNON. -Tu hermano está también un poco apagado, ¿verdad, querido Jack? No podrás fugarte a Londres con tanta frecuencia como acostumbrabas. Y eso no está mal tampoco.

- JACK. -En cuanto a tu conducta con miss Cardew, debo decirte que portarse así con una muchacha encantadora, sencilla e inocente, me parece completamente indisculpable. Eso sin tener en cuenta para nada que es mi pupila.

- ALGERNON. -No veo justificación posible para ti después de haber engañado a una muchacha tan excepcional, tan inteligente, de tanto mundo, como miss Fairfax. Y eso sin tener en cuenta para nada que es mi prima.

- JACK. -Yo quería. casarme con Gundelinda, y eso es todo. La amo.

- ALGERNON. -Pero yo deseaba únicamente casarme con Cecilia. La adoro.

- JACK. -Tienes pocas probabilidades de casarte con miss Cardew.

- ALGERNON. -No creo que sea muy verosímil tu enlace con miss Fairfax, Jack.

- JACK. -Bueno, eso a ti no te importa.

- ALGERNON. -Si me importara, no hablaría de ello. *(Se pone a comer pastas.)* Es muy ordinario hablar de los asuntos propios. No lo hacen más que los agentes de Bolsa, y para eso únicamente en sus banquetes oficiales.

- JACK. -No me explico cómo puedes estar ahí sentado, comiendo tranquilamente pastas cuando nos encontramos en un apuro tan terrible como éste. Me pareces completamente inhumano.

- ALGERNON. -Si es que no puedo comer pastas con el ánimo agitado. Me mancharía los puños de manteca con toda seguridad. Hay que estar siempre muy tranquilo para comer pastas. Es la única manera de comerlas.

- JACK. -Te digo que es inhumano comer pastas de cualquier manera en las circunstancias actuales.

- ALGERNON. -Cuando tengo algún apuro, lo único que me consuela es comer. En efecto, cuando tengo un verdadero apuro gordo, todos los que me conocen íntimamente podrán decirte que me niego a todo, menos a comer y a beber. En este momento estoy comiendo pastas porque soy desgraciado. Y además que me gustan especialmente estas pastas. *(Se levanta.)*

- JACK. *(Levantándose también.)* -Bueno, pero esta no es razón para que te las comas todas de esa manera voraz. *(Le quita las pastas a* ALGERNON.)

- ALGERNON. *(Ofreciéndole la tarta para el té.)* -Quisiera que te comieses la tarta en lugar de las pastas. La tarta no me gusta.

- JACK. -¡Pero Dios mío! ¿Supongo que podrá uno comerse sus pastas en su jardín?

- ALGERNON. -¿Pues no acabas de decir que era inhumano comer pastas?

- JACK. -He dicho que era completamente inhumano en ti comerlas en las actuales circunstancias. Lo cual es muy distinto.

- ALGERNON. -Puede ser. Pero las pastas son siempre lo mismo. *(Le arrebata a* JACK *el plato de las pastas.)*

- JACK. -Algy, ¿cuándo vas a tener la bondad de largarte?

- ALGERNON. -No es posible que quieras que me vaya sin hacer alguna comida. Sería absurdo. Nunca me marcho sin comer. Nadie lo hace, excepto los vegetarianos y sus congéneres. Además acabo de ponerme de acuerdo con el doctor Casulla para que me bautice a las seis y cuarto con el nombre de Ernesto.

- JACK. -Mi querido amigo, cuanto antes desistas de ese disparate, mejor. Me he puesto de acuerdo esta mañana con el doctor Casulla para que me bautice a las cinco y media, y como es natural, me impondrá el nombre de Ernesto. Gundelinda lo quería así. No podemos ser bautizados los dos con el nombre de Ernesto. Sería absurdo. Además tengo perfecto derecho a que me bauticen si se me antoja. No hay la menor prueba de que me haya bautizado nadie. Creo muy posible que no me hayan bautizado nunca, y lo mismo opina el doctor Casulla. Tu caso es completamente distinto. A ti ya te han bautizado.

- ALGERNON. -Sí; pero hace años que no lo he sido.

- JACK. -Sí; pero te han bautizado. Eso es lo importante.

- ALGERNON. -Así es. Por eso sé que mi

constitución puede resistirlo. Si tú no estás completamente seguro de haber sido bautizado alguna vez, debo decirte que me parece algo peligroso para ti arriesgarte a hacerlo ahora. Podría hacerte daño. No debes olvidar que una persona íntimamente relacionada contigo ha estado a punto de liárselas esta semana, a causa de un fuerte enfriamiento.

- JACK. -Sí; pero tú mismo dijiste que un fuerte enfriamiento no era hereditario.

- ALGERNON. -Generalmente, no, ya lo sé... Pero ahora me atrevo a asegurar que sí lo es. La ciencia está siempre haciendo maravillosos adelantos.

- JACK. *(Cogiendo el plato dé las pastas.)*-¡Oh, eso es un disparate! Estás siempre diciendo disparates.

- ALGERNON. -¡Jack, otra vez con las pastas! Ten la bondad de dejarlas en paz. No quedan más que dos. *(Las coge.)* Ya te he dicho que me gustaban especialmente las pastas.

- JACK. -Y yo no puedo ver la tarta.

- ALGERNON. -Entonces, ¿por qué diablos permites que sirvan tarta a tus invitados? ¡Vaya una idea que tienes de la hospitalidad!

- JACK. -¡Algernon! Ya te he dicho que te vayas. No quiero que estés aquí. ¿Por qué no te vas?

- ALGERNON. -¡No he acabado aún de tomar el té! ¡Y queda todavía una pasta! *(JACK lanza un gemido y se desploma sobre un sillón. ALGERNON continúa comiendo.)*

BAJA EL TELÓN

Acto tercero

Decoración: Gabinete en la residencia solariega, en Woolton

- GUNDELINDA y CECILIA están asomadas a la ventana, mirando hacia el jardín.

- GUNDELINDA -El hecho de no habernos seguido inmediatamente aquí, como hubiese hecho cualquiera, demuestra, a mi juicio, que todavía les queda algún sentimiento de vergüenza.

- CECILIA. -Han estado comiendo pastas. Eso parece indicar arrepentimiento.

- GUNDELINDA *(Después de una pausa.)* - Lo que parece es que no se preocupan de nosotras. ¿No podría usted toser?

- CECILIA. -¡Pero si no estoy acatarrada!

- GUNDELINDA -Nos miran. ¡Qué descaro!

- CECILIA. -Se acercan. ¡Eso sí que es atrevimiento!

- GUNDELINDA -Guardemos un silencio digno.

- CECILIA. -Muy bien. Es lo único que podemos hacer por ahora. *(Entra* JACK *seguido de* ALGERNON. *Vienen silbando un aire terriblemente popular de opereta inglesa.)*

- GUNDELINDA -Este silencio digno parece producir un resultado deplorable.

- CECILIA. -De lo más deplorable.

- GUNDELINDA -Pero no seremos las primeras en hablar.

- CECILIA. -Eso no.

- GUNDELINDA -Míster Worthing, tengo que preguntarle algo muy particular. De su contestación dependen muchas cosas.

- CECILIA. -Gundelinda, es usted de una sensatez inapreciable. Míster Moncrieff, tenga usted la bondad de contestarme a la siguiente pregunta: ¿Por qué quiso usted hacerse pasar por el hermano de mi tutor?

- ALGERNON. -Para poder tener ocasión de verla a usted.

- CECILIA. *(A Gundelinda.)*-La explicación parece realmente satisfactoria, ¿verdad?

- GUNDELINDA -Sí, querida, si se aviene usted a creerle.

- CECILIA. -No le creo. Pero eso no influye lo más mínimo en la admirable belleza de su respuesta.

- GUNDELINDA -Es cierto. En cuestiones de gran importancia lo esencial es el estilo y no la sinceridad. Míster Worthing, ¿cómo va usted a explicarme su falsa afirmación de que tenía un hermano? ¿Lo hizo usted para tener ocasión de ir a Londres a verme lo más a menudo posible?

- JACK. -¿Puede usted dudarlo, miss Fairfax?

- GUNDELINDA -Tengo serios motivos para dudarlo. Pero pienso hacerlos desaparecer. No es este momento de escepticismos a la alemana. *(Dirigiéndose hacia* CECILIA.*)* Sus explicaciones parecen completamente satisfactorias, sobre todo la de míster Worthing. Posee, a mi juicio, el sello de la verdad.

- CECILIA. -Yo estoy más que satisfecha con lo que ha dicho míster Moncrieff. Sólo su voz inspira una absoluta confianza.

- GUNDELINDA -Entonces, ¿cree usted que deberíamos perdonarles?

- CECILIA. -Sí, eso creo.

- GUNDELINDA -¿Verdad que sí? Yo ya he perdonado. Están en juego principios, que no se pueden abandonar. ¿Cuál de nosotras deberá hablarles? No es una faena agradable.

- CECILIA. -¿No podíamos hablar las dos al mismo tiempo?

- GUNDELINDA -¡Excelente idea! Yo casi siempre hablo al mismo tiempo que los demás. ¿Quiere usted que yo le marque el compás?

- CECILIA. -Naturalmente. (GUNDE-LINDA *lleva el compás levantando el dedo.*)

- GUNDELINDA y CECILIA. *(Hablando a la vez.)* -Sus nombres de pila siguen siendo una barrera infranqueable. ¡Esto es todo!

- JACK y ALGERNON. *(Hablando a la vez.)* -¿Nuestros nombres de pila? ¿Y eso es todo? Pero si nos van a bautizar esta tarde.

- GUNDELINDA *(A JACK.)* -¿Y está usted dispuesto a hacer esa terrible cosa en mi obsequio?

- JACK. -Lo estoy.

- CECILIA. *(A ALGERNON.)* -¿Y por complacerme está usted decidido a arrostrar esa tremenda prueba?

- ALGERNON. -¡Lo estoy!

- GUNDELINDA -¡Qué absurdo es hablar de la igualdad de los sexos! Cuando se trata del sacrificio de sí mismo los hombres están infinitamente más adelantados que nosotras.

- JACK. -Lo estamos. *(Estrecha la mano a ALGERNON.)*

- CECILIA. -Tienen ellos momentos de valor físico que nosotras, las mujeres, desconocernos en absoluto.

- GUNDELINDA *(A JACK.)* -¡Amor mío!

- ALGERNON. *(A CECILIA.)* ¡Amor mío! *(Caen unas en brazos de otros. Aparte Merriman. Al entrar y ver la situación, tose muy fuerte.)*

- MERRIMAN. -¡Ejem! ¡Ejem! ¡Lady Bracknell!

- JACK. -¡Cielo santo! *(Entra lady Bracknell. Las parejas se separan asustadas. Sale Merriman.)*

- LADY BRACKNELL. -¡Gundelinda! ¿Qué significa esto?

- GUNDELINDA -Pues sencillamente, que míster Worthing y yo somos prometidos, mamá.

- LADY BRACKNELL. -Ven aquí. Siéntate. Siéntate inmediatamente. La vacilación, de cualquier clase que sea es señal de decadencia mental en los jóvenes y de debilidad física en los viejos. *(Volviéndose hacia Jack.)* Caballero, habiendo sabido la fuga repentina de mi hija por su doncella de confianza, cuyas confidencias he comprado por medio de unos cuartos, la he seguido inmediatamente, tomando un tren de mercancías. Su desventurado padre está en la idea, afortunadamente, de que asiste a una conferencia de una duración extraordinaria, organizada por la junta de Ampliación Universitaria, acerca de la influencia de una renta fija sobre el pensamiento. Me propongo no sacarle de su error. Realmente, yo no le he sacado de sus errores en ninguna ocasión. Lo considero un error. Pero comprenderá usted perfectamente, como es natural, que toda comunicación entre usted y mi hija debe cesar terminantemente desde ahora mismo. Sobre este punto, como por supuesto sobre todos los puntos, soy inflexible.

- JACK. -¡Me he comprometido a casarme con Gundelinda, lady Bracknell!

- LADY BRACKNELL. -Eso no tiene la menor importancia, caballero. Y ahora, en cuanto a Algernon... ¡Algernon!

- ALGERNON. -¿Qué, tía Augusta?

- LADY BRACKNELL. -¿Puedo preguntarte si en esta casa vive tu achacoso amigo míster Bunbury?

- ALGERNON. *(Tartamudeando.)* -¡Oh, no! Bunbury no vive aquí. Bunbury está no sé... dónde... en este momento. En fin, Bunbury ha muerto.

- LADY BRACKNELL. -¡Muerto! ¿Y cuándo ha muerto míster Bunbury?. Su muerte ha debido de ser muy repentina.

- ALGERNON. *(Alegremente.)*-¡Oh! Le he matado esta tarde. Digo, el pobre Bunbury murió esta tarde.

- LADY BRACKNELL. -¿Y de qué murió?

- ALGERNON. -¿Quién, Bunbury? ¡Oh, explotó por completo!

- LADY BRACKNELL. -¿Que explotó? ¿Ha sido víctima de un atentado revolucionario? No estaba yo enterada de que míster Bunbury se interesase por la legislación social. Si así era, bien castigado está por su morbosidad.

- ALGERNON. -¡Querida tía Augusta, he querido decir que le descubrieron! Vamos, que los médicos descubrieron que Bunbury no podía vivir, esto es lo que quería yo decir..., y Bunbury, por lo tanto, se murió.

- LADY BRACKNELL. -Parece ser que tuvo una gran confianza en la opinión de los médicos. Sin embargo, me alegro mucho de que se decidiese por último a adoptar una regla de conducta decisiva, según prescripción facultativa. Y ahora que estamos ya libres de ese míster Bunbury, ¿puedo preguntar a usted, míster Worthing, quién es esa personita cuya mano tiene cogida mi sobrino Algernon, de una manera que me parece completamente impropia?

- JACK. -Esa señorita es miss Cecilia Cardew, mi pupila. (LADY BRACKNELL *saluda fríamente a* CECILIA.)

- ALGERNON. -He dado palabra de casamiento a Cecilia, tía Augusta.

- LADY BRACKNELL. -¿Quieres hacer el favor de repetírmelo?

- CECILIA. -Míster Moncrieff y yo pensamos casarnos, lady Bracknell.

- LADY BRACKNELL. *(Se estremece, y yendo hacia el sofá se sienta.)* -No sé si es que el aire de esa región del condado de Hertford, precisamente, tendrá algo especialmente excitante, pero el número de promesas matrimoniales en actividad me parece que supera considerablemente el término medio suministrado por la estadística para gobierno nuestro. Creo que algunas preguntas preliminares por mi parte no estarían de más. Míster Worthing, ¿tiene algo que ver miss Cardew con cualquiera de las grandes estaciones de ferrocarril londinenses? Lo pregunto a título de información solamente. Hasta ayer no tenía yo idea de que hubiese familias o personas que descendiesen de una estación de término.

(JACK parece furiosísimo, pero se contiene.)

- JACK. *(Con voz clara y fría.)* -Miss Cardew es nieta del difunto míster Thomas Cardew, Belgravia Square, 149, Londres S. O.; propietario de la finca Gervase Park, en Dorking, condado de Surrey, y del Sporran, en el condado de Fife, al Norte.

- LADY BRACKNELL. -Eso parece bastante satisfactorio. Tres direcciones inspiran siempre confianza, hasta a los comerciantes. ¿Pero qué pruebas tengo yo de su autenticidad?

- JACK. -He conservado cuidadosamente los Anuarios de señas de aquella época. Están a su disposición, por si quiere examinarlos, lady Bracknell.

- LADY BRACKNELL. *(Con aspereza.)*-He notado errores peregrinos en esa publicación.

- JACK. -Los abogados y procuradores, de la familia de miss Cardew son los señores Markby, Markby y Markby.

- LADY BRACKNELL. -¿Markby, Markby y Markby? Una razón social muy bienquista en su profesión. Además, he oído decir que alguno de esos señores Markby figuraba de vez en cuando en los banquetes oficiales. Hasta ahora todo eso me satisface.

- JACK. *(Muy irritado.)*-¡Cuánta bondad por

su parte, lady Bracknell! Tengo también en mi poder, y le encantará a usted saberlo, la partida de nacimiento de miss Cardew, su fe de bautismo y sus certificados de tos ferina, empadronamiento, vacunación, confirmación y sarampión, documentos tanto alemanes como ingleses.

- LADY BRACKNELL. -¡Ah! Una vida llena de incidentes, por lo que veo; aunque tal vez demasiado excitante para una muchacha tan joven. Yo no soy partidaria de la experiencia prematura. *(Se levanta y mira la hora en su reloj.)* ¡Gundelinda! Se acerca la hora de nuestra marcha. No podemos perder ni un momento. Y aunque sea por pura fórmula, míster Worthing, quisiera preguntarle si miss Cardew posee alguna fortunita.

- JACK. -¡Oh! Unas ciento treinta mil libras esterlinas en papel del Estado. Eso es todo. Vaya usted con Dios, lady Bracknell. Encantado de haberla visto.

- LADY BRACKNELL. *(Sentándose de*

nuevo.) -Un momento, míster Worthing. ¡Ciento treinta mil libras! ¡Y en papel del Estado! Miss Cardew me parece una muchacha muy seductora, ahora que la veo bien. Pocas muchachas hoy día tienen cualidades verdaderamente sólidas, de esas cualidades que duran y se mejoran con el tiempo. Vivimos, siento tener que decirlo, en una época de cosas superficiales. *(A CECILIA.)* Acérquese usted, querida. *(CECILIA se acerca.)* ¡Preciosa muchachita! Su vestido es de una sencillez lastimosa y su pelo parece tal como le hizo la naturaleza. Pero podemos transformarle en seguida. Una doncella francesa, experta, conseguirá resultados maravillosos en poquísimo tiempo. Me acuerdo que recomendé una a la joven lady Lancing y tres meses después, no la conocía ni su propio marido.

- JACK. -Y pasados seis meses no la conocía nadie.

- LADY BRACKNELL. *(Mira iracunda a*

JACK *durante unos instantes. Luego dirige una sonrisa estudiada a* CECILIA.) -Tenga usted la bondad de volverse, encantadora amiguita. *(CECILIA da una vuelta completa.)* No, lo que quiero examinar es el perfil. *(CECILIA se pone de perfil.)* Sí, lo que yo esperaba, en absoluto. Hay varias posibilidades mundanas en su perfil. Los dos puntos flacos de nuestra época son su falta de principios y su falta de perfil. Levante usted un poco la barbilla, querida. El estilo depende en gran parte de la manera de llevar la barbilla. ¡Se lleva en este momento muy alta, Algernon!

- ALGERNON. -¡Sí, tía Augusta!

- LADY BRACKNELL. -Hay varias posibilidades mundanas en el perfil de miss Cardew.

- ALGERNON. -Cecilia es la muchacha más dulce, más amable y más bonita que hay en el mundo entero. Y no doy dos céntimos por esas posibilidades mundanas.

- LADY BRACKNELL. -No hables irrespetuosamente de la sociedad, Algernon. Eso lo hace tan sólo la gente que no puede pertenecer a ella. *(A CECILIA.)* Sabrá usted, como es natural, amiguita, que Algernon no cuenta más que con sus deudas. Pero yo no apruebo los matrimonios interesados. Cuando me casé con lord Bracknell no tenía yo la menor fortuna. Pero ni en sueños admití por un momento que eso pudiera ser un obstáculo en mi camino. Bueno, supongo que tendré que dar mi consentimiento.

- ALGERNON. -Gracias, tía Augusta.

- LADY BRACKNELL. -¡Cecilia, puede usted besarme!

- CECILIA. *(Besándola.)* -Gracias, lady Bracknell.

- LADY BRACKNELL. -Puede usted también llamarme tía Augusta en lo sucesivo.

- CECILIA. -Gracias, tía Augusta.

- LADY BRACKNELL. -Yo creo que lo mejor sería que la boda se celebrase lo antes posible.

- ALGERNON. -Gracias, tía Augusta.

- CECILIA. -Gracias, tía Augusta.

- LADY BRACKNELL. -Hablando con franqueza, yo no soy partidaria de las relaciones largas. Dan ocasión a que los novios descubran sus mutuos caracteres antes de casarse, lo cual nunca es aconsejable.

- JACK. -Perdone usted que la interrumpa, lady Bracknell, pero no hay que pensar en esa boda. Soy tutor de miss Cardew y ella no puede casarse sin mi consentimiento hasta que sea mayor de edad. Y ese consentimiento me niego en absoluto a darlo.

- LADY BRACKNELL. -¿Y puedo preguntarle por qué motivos? Algernon es un partido extraordinariamente, y hasta me atreveré a decir, que ostentosamente aceptable. No tiene nada, pero luce mucho. ¿Qué más puede desearse?

- JACK. -Siento muchísimo tener que hablarle a usted con franqueza, lady Bracknell, acerca de su sobrino, pero el hecho es que a mí no me gusta nada su

carácter. Sospecho que es un mentiroso.
(ALGERNON y CECILIA le miran con
indignado asombro.)
- LADY BRACKNELL. -¡Mentiroso! ¿Mi
sobrino Algernon? ¡Imposible! Es un
alumno de Oxford.
- JACK. -Temo que no sea posible abrigar
la menor duda sobre este punto. Esta tarde, durante mi ausencia temporal de aquí,
y hallándome en Londres por un importante asunto de novela, consiguió entrar en
mi casa pretextando ser mi hermano. Y al
amparo de un nombre falso se ha bebido,
según acaba de comunicarme mi mayordomo, una botella entera de un cuartillo de
mi Perrier-Jouet Brut, del 89; un vino que
me reservaba especialmente. Continuando
su vergonzosa impostura, ha conseguido
du-rante la tarde enajenarme el afecto de
mi única pupila. Posteriormente se ha quedado a tomar el té, engullendo hasta la
última pasta. Y lo que hace su conducta
más inconcebible aún es que sabía

perfectamente desde el principio que yo no tengo ningún hermano, que no le he tenido nunca y que no pienso tenerlo de ninguna clase. Así se lo dije terminantemente ayer mismo por la tarde.

- LADY BRACKNELL. -¡Ejem! Míster Worthing, después de madura reflexión he decidido no hacer caso en absoluto de la conducta de mi sobrino con usted.

- JACK. -Eso demuestra una gran generosidad en usted, lady Bracknell. Mi decisión es, sin embargo, irrevocable. Me niego a dar el consentimiento.

- LADY BRACKNELL. *(A* CECILIA*)-* Acérquese usted, amiguita. *(*CECILIA *se aproxima.)* ¿Qué edad tiene usted, querida?

- CECILIA. -Pues realmente, no tengo más que dieciocho años, pero confieso siempre veinte cuando voy a alguna velada.

- LADY BRACKNELL. -Hace usted perfectamente en efectuar esa leve alteración. Realmente una mujer no debe decir nunca exactamente su edad. Eso da un aspecto de calculadora... *(Como reflexionando.)* Dieciocho años, pero confesando veinte en las veladas. Bueno, no falta mucho para que llegue usted a la mayoría de edad y se vea libre de las restricciones de la tutela. Así es que no creo que el consentimiento de su tutor sea, después de todo, una cuestión de gran importancia.

- JACK. -Perdone usted, lady Bracknell, que le interrumpa de nuevo, pero justo es decirla que, según las cláusulas del testamento de su abuelo, miss Cardew no llegará a ser mayor de edad legalmente hasta los treinta y cinco años.

- LADY BRACKNELL. -Eso no me parece una grave objeción. Treinta y cinco años, es una edad muy atractiva. La sociedad londinense está llena de damas de elevadísima alcurnia, que por su propia elección se han quedado en los treinta y cinco. Lady Dumbleton es un caso de ello, por ejemplo. Que yo sepa, ha tenido treinta y cinco años desde que cumplió los cuarenta, hace ya muchos años. No veo razón alguna para que nuestra querida Cecilia no esté más atractiva aún a la edad susodicha, que lo está actualmente. Y mientras tanto sus bienes habrán aumentado considerablemente.

- CECILIA. -Algy, ¿podría usted esperarme hasta que cumpla yo los treinta y cinco años?

- ALGERNON. -Claro que puedo, Cecilia. Ya sabe usted que sí.

- CECILIA. -Sí, lo sabía instintivamente; pero yo no podría esperar todo ese tiempo. Detesto tener que esperar a cualquiera aunque sólo sean cinco minutos. Me pone eso siempre de muy mal humor. Yo no soy puntual, ya lo sé, pero me gusta la puntualidad en los demás y, por lo tanto, no hay ni que pensar en que yo espere, aunque sea para casarme.

- ALGERNON. -¿Entonces, qué vamos a hacer, Cecilia?

- CECILIA. -No lo sé, míster Moncrieff.

- LADY BRACKNELL. -Mi querido míster Worthing, como miss Cardew declara categóricamente que no podría esperar hasta los treinta y cinco -advertencia que, lo confieso, me parece mostrar un carácter algo impaciente-, yo le rogaría a usted que meditase nuevamente su determinación.

- JACK. -Pero, mi querida lady Bracknell, ¡si el asunto está por completo entre sus manos! En el momento en que usted consienta en mi boda con Gundelinda, yo aprobaré gustoso el enlace de su sobrino con mi pupila.

- LADY BRACKNELL. *(Levantándose e irguiéndose con altivez.)* -Debía usted ya saber perfectamente que no hay ni que pensar en su proposición.

- JACK. -Entonces, un celibato apasionado es lo que podemos esperar todos nosotros en lo venidero.

- LADY BRACKNELL. -No es ese el destino que le reservo a Gundelinda. Algernon, como es natural, puede escoger por sí mismo. *(Saca su reloj.)* Vamos, querida. *(GUNDELINDA se levanta.)* Hemos perdido cinco trenes o seis. Si perdemos alguno más, nos exponemos a toda clase de comentarios en el andén. *(Entra el doctor CASULLA.)*

- CASULLA. -Todo está preparado para los bautizos.

- LADY BRACKNELL. -¿Para los bautizos, caballero? ¿No será eso algo prematuro?

- CASULLA. *(Con aire ligeramente perplejo y señalando a* JACK *y a* Algernon.*)* -Estos dos señores han expresado el deseo de ser bautizados inmediatamente.

- LADY BRACKNELL. -¿A su edad? ¡La idea es grotesca e impía! Algernon, te prohíbo que te bautices. No quiero oír hablar de semejantes excesos. Lord Bracknell se disgustaría mucho si se enterase de que malgastabas de esa manera tu tiempo y tu dinero.

- CASULLA. -¿Quiere eso decir que no habrá entonces ningún bautizo en toda la tarde?

- JACK. -No creo que tenga mucha importancia práctica para nosotros, tal como están las cosas en este momento, doctor Casulla.

- CASULLA. -Me apena oírle a usted semejantes conceptos, míster Worthing. Huelen a las doctrinas heréticas de los anabaptistas, doctrinas que he refutado por completo en cuatro de mis sermones inéditos. No obstante, como la disposición de ánimo de ustedes en este momento me parece particularmente profana, volveré a la iglesia en seguida. Además, acaba de decirme el encargado del cepillo eclesiástico que hace hora y media que me está esperando miss Prism en la sacristía.

- LADY BRACKNELL. -¡Miss Prism! ¿Le he oído a usted, realmente, referirse a una miss Prism?

- CASULLA. -Sí, lady -Bracknell. A reunirme con ella voy.

- LADY BRACKNELL. -Permítame usted que le ruegue que se detenga un momento. Es un asunto que puede tener una importancia vital para lord Bracknell y para mí. Esa miss Prism, ¿no es una mujer de aspecto repulsivo, confusamente relacionada con la enseñanza?

- CASULLA. *(Con cierta indignación)* -Es una dama de las más cultas y la imagen misma de la respetabilidad.

- LADY BRACKNELL. -Evidentemente, es la misma persona. ¿Puedo preguntarle qué situación ocupa en casa de usted?

- CASULLA. *(Con severidad.)* -Soy soltero, señora.

- JACK. *(Interviniendo.)* -Miss Prism, lady Bracknell, es, desde hace tres años, la reputada institutriz y la compañera inestimable de miss Cardew.

- LADY BRACKNELL. -A pesar de eso que acabo de oír sobre ella, necesito verla inmediatamente. Mande usted a buscarla.

- CASULLA. *(Mirando hacia afuera)* -Aquí se

acerca; ya llega. (*Entra* MISS PRISM apresuradamente.)

- MISS PRISM. -Me dijeron que me esperaba usted en la sacristía, mi querido canónigo. Le he aguardado allí por espacio de una hora y tres cuartos. (*Ve de pronto a LADY BRACKNELL, que fija en ella una mirada penetrante y petrificadora. Miss Prism se queda pálida y desfallece. Mira con ansiedad a su alrededor, como queriendo huir.*)

- LADY BRACKNELL. (*Con la voz severa de un juez.*) -¡Prism! (*MISS PRISM baja la cabeza, avergonzada.*) ¡Venga usted aquí, Prism! (*MISS PRISM se acerca con aire humilde.*) ¡Prism! ¿Dónde está el niño? (*Consternación general. El canónigo retrocede horrorizado. ALGERNON y JACK fingen querer evitar con inquietud que CECILIA y GUNDELINDA oigan los detalles de un terrible escándalo público.*) Hace ya veintiocho años, Prism, que salió usted de casa de lord Bracknell, calle de Uper Grosvenor, número 104, al cuidado de un cochecillo que contenía una criatura recién nacida, del sexo masculino. No volvió usted nunca. Algunas semanas después, gracias a las minuciosas pesquisas de la Policía londinense, fue descubierto el cochecillo a medianoche, abandonado y sin defensa, en un rincón alejado de Bayswater. Contenía el manuscrito de una novela en tres tomos, de un sentimentalismo más irritante que el de costumbre. *(MISS PRISM se estremece con una indignación involuntaria.)* ¡Pero el niño no estaba en él! *(Todos miran a MISS PRISM.)* ¡Prism! ¿Dónde está el niño? *(Una pausa.)* - MISS PRISM. -Lady Bracknell, confieso avergonzada que no lo sé. ¡Qué más quisiera yo que saberlo! He aquí los hechos verdaderos, tal como sucedieron. La mañana del día que usted ha mencionado, día que está grabado con letras de fuego en mi memoria, me dispuse, como de costumbre, a sacar al niño de paseo en un cochecillo. Llevaba también conmigo un saco de viaje un poco viejo, pero de gran capacidad, en el que me proponía colocar el manuscrito de una novela que había yo escrito durante mis escasas horas libres. En un momento de distracción mental, que no podré perdonarme nunca, coloqué el manuscrito en el cochecillo y metí al niño en el saco de viaje.

- JACK. *(Que ha estado escuchando con atención.)* -¿Pero adónde llevó usted el saco de viaje?

- MISS PRISM. -No me lo pregunte usted, míster Worthing.

- JACK. -Miss Prism, es este un asunto de grandísima importancia para mí. Insisto en saber adónde llevó usted el saco de viaje que contenía al rorro.

- MISS PRISM. -Lo dejé en el guardarropa de una de las mayores estaciones de Londres.

- JACK. -¿Qué estación?

- MISS PRISM. *(Completamente abrumada.)*- En la estación Victoria. Línea de Brighton. *(Se deja caer en una silla.)*

- JACK. -Tengo que retirarme un momento a mi cuarto. Gundelinda, espéreme usted aquí.

- GUNDELINDA -Si no tarda usted demasiado le esperaré aquí toda mi vida. *(Sale* JACK, *muy excitado.)*

- CASULLA. -¿Qué cree usted que quiere decir todo esto, lady Bracknell?

- LADY BRACKNELL. -No me atrevo a sospecharlo, doctor Casulla. No necesito decir a usted que en las familias de elevada posición no se admite el que puedan darse coincidencias extrañas. Se consideran muy cursis. *(Óyense ruidos en el piso de encima, como si alguien fuese tirando baúles. Todos miran hacia arriba.)*

- CECILIA. -El tío Jack parece extraordinariamente agitado.

- CASULLA. -Su tutor tiene un carácter muy impresionable.

- LADY BRACKNELL. -Ese ruido es desagradabilísimo. Por el estrépito, parece como si hubiese encontrado un argumento. Odio los argumentos de cualquier clase que sean. Son siempre vulgares, y muchas veces convincentes.

- CASULLA. *(Mirando hacia arriba.)*-Ahora ha cesado. *(Los ruidos aumentan.)*

- LADY BRACKNELL. -Desearía que llegase a alguna conclusión.

- GUNDELINDA -Esta incertidumbre es terrible. Espero que durará. *(Entra* JACK con un saco de viaje, de cuero negro, en la mano.)

- JACK. *(Abalanzándose hacia* MISS PRISM.*)* -¿Es este el saco de mano, miss Prism? Examínelo usted minuciosamente antes de hablar. La felicidad de más de una vida depende de su respuesta.

- MISS PRISM. *(Sosegadamente)* -Me parece que es el mío. Sí, aquí está la rozadura que sufrió cuando volcó el ómnibus en la calle de Gower, en días juveniles y dichosos. Aquí, en el forro, está la mancha causada por la explosión de un termo para bebidas, incidente ocurrido en Leamington. Y aquí, en la cerradura, están mis iniciales. No me acordaba ya que las había hecho grabar aquí, por capricho. Este saco es, indudablemente, el mío. Me alegro muchísimo de encontrarlo tan inesperadamente. Su falta me ha ocasionado grandes molestias durante todos estos años.

- JACK. (Con voz patética.)-Miss Prism, ha encontrado usted algo más que este saco de viaje. Yo era el niño que colocó usted dentro.

- MISS PRISM. *(Atónita.)* -¿Usted?

- JACK. *(Abrazándola.)* -¡Sí..., madre!

- MISS PRISM. *(Retrocediendo, con indignado asombro.)* -¡Míster Worthing! ¡Yo soy soltera!

- JACK. -¡Soltera! No niego que es un golpe muy serio. Pero, después de todo, ¿quién tiene derecho a tirar la piedra al que ha sufrido? ¿No puede borrar el arrepentimiento un acto de locura? ¿Por qué ha de haber una ley para los hombres y otra para las mujeres? Madre, yo la perdono a usted. *(Intenta abrazarla otra vez.)*

- MISS PRISM. *(Más indignada aún)*-Míster Worthing, aquí hay algún error. *(Señalando a* LADY BRACKNELL.*)* Ahí está la señora, que puede decirle quién es usted realmente.

- JACK. *(Después de una pausa.)* -Lady Bracknell, me molesta mucho parecer curioso; pero ¿querría usted tener la bondad de comunicarme quién soy yo?

- LADY BRACKNELL. -Temo que la noticia que voy a darle no le agrade a usted del todo. Usted es el hijo de mi pobre hermana mistress Moncrieff, y, por consiguiente, el hermano mayor de Algernon.

- JACK. -¡El hermano mayor de Algy! Entonces, después de todo, tengo un hermano. ¡Ya sabía yo que tenía un hermano! ¡Siempre dije que tenía un hermano! Cecilia, ¿cómo pudiste nunca dudar que tenía yo un hermano? *(Cogiendo de* la *mano* a ALGERNON.*)* Doctor Casulla, mi desgraciado hermano. Miss Prism, mi desgraciado hermano. Gundelinda, mi desgraciado hermano. Algy, joven sinvergüenza, tendrás que tratarme con más respeto en lo futuro. No te has portado conmigo como un hermano en toda tu vida.

- ALGERNON. -Sí, chico, hasta hoy, lo reconozco. Yo lo hacía lo mejor que podía, aunque me faltaba práctica. *(Se estrechan la mano.)*

- GUNDELINDA *(A JACK.)* -¡Dueño mío! ¿Pero quién es usted? ¿Cuál es su nombre de pila, ahora que es usted otro?

- JACK. -¡Dios mío!... Me había olvidado por completo de ese detalle. La decisión de usted respecto a mi nombre es irrevocable, ¿no?

- GUNDELINDA -Yo no cambio nunca, excepto en mis afectos.

- CECILIA. -¡Qué naturaleza tan noble la de usted, Gundelinda!

- JACK. -Entonces mejor será aclarar esta cuestión inmediatamente. Tía Augusta, un momento. En la época en que miss Prism me dejó en el saco de viaje, ¿había yo ya sido bautizado?

- LADY BRACKNELL. -Todo el lujo que puede comprarse con dinero, incluyendo el bautismo, fue derrochado con usted por sus amantes padres, ciegos de cariño.

- JACK. -¡Entonces yo estaba bautizado! Eso está ya aclarado. Y ahora, ¿qué nombre me pusieron? Dígamelo, aunque sea la cosa peor para mí.

- LADY BRACKNELL. -Siendo el primogénito, era natural que le bautizasen a usted con el nombre de su padre.

- JACK. *(Algo irritado.)* -Sí; ¿pero cuál era el nombre de pila de mi padre?

- LADY BRACKNELL. *(Reflexionando.)*- En este momento no puedo recordar el nombre de pila del general. Pero es indudable que tenía uno. Era excéntrico, lo confieso. Pero sólo en sus últimos años. Y lo era a consecuencia del clima de la India, del matrimonio, de las indigestiones y de otras cosas parecidas.

- JACK. -¡Algy! ¿No puedes recordar cuál era el nombre de pila de nuestro padre?

- ALGERNON. -Chico, no nos dirigimos nunca la palabra. El murió antes de cumplir yo el año.

- JACK. -Su nombre aparecerá en los Anuarios militares de aquella época, ¿verdad, tía Augusta?

- LADY BRACKNELL. -El general era esencialmente un hombre de paz en todo menos en su vida doméstica. Pero estoy segura de que su nombre aparecerá en algún Anuario militar.

- JACK. -Aquí están los Anuarios militares de los últimos cuarenta años. Estos encantadores cronicones debían haber sido mi estudio constante. *(Se precipita hacia el estante y arranca de él materialmente los libros.)* M. Generales... Mallam, Maxbohm, Magley, ¡qué nombres más espantosos tienen!... ¡Markby, Migsby, Mobbs, Moncrieff! Teniente en 1840, capitán, teniente coronel, coronel, general en 1869; nombres de pila: Ernesto John. *(Vuelve a colocar el libro con mucha tranquilidad y habla sosegadamente.)*

¿No le dije a usted siempre, Gundelinda, que me llamaba, Ernesto? Bueno, pues Ernesto soy, después de todo. Quiero decir que soy, naturalmente, Ernesto.

- LADY BRACKNELL. -Sí, ahora recuerdo que el general se llamaba Ernesto. Ya sabía yo que por algún motivo particular me era antipático ese nombre.

- GUNDELINDA -¡Ernesto! ¡Mi Ernesto! ¡Desde el principio sentí que no podías llamarte de otro modo!

- JACK. -Gundelinda, es una cosa terrible para un hombre descubrir de pronto que durante toda su vida no ha dicho más que la verdad. ¿Puedes perdonarme?

- GUNDELINDA -Sí. Porque estoy segura de que cambiarás.

- JACK. -¡Vida mía!

- CASULLA. *(A miss PRISM)*-¡Leticia! *(Lo abraza.)*

- MISS PRISM. *(Entusiasmada)* -¡Federico! ¡Al fin!

- ALGERNON. -¡Cecilia! *(La abraza.)* ¡Al fin!

- JACK. -¡Gundelinda! *(La abraza.)* ¡Al fin!
- LADY BRACKNELL. -Sobrino mío, paréceme que empiezas a dar señales de vulgaridad.
- JACK. -Al contrario, tía Augusta, acabo de darme cuenta, por primera vez en mi vida, de la importancia suma de ser formal.

TELÓN FINAL

Epílogo
Julio Gómez de la Serna

Hoy damos por primera vez en castellano *La importancia de ser formal* sin deformaciones ni cortes, íntegramente, habiendo intentado paso a paso y hasta donde era posible, por respeto al autor y al lector, españolizarla literalmente.

Esta deliciosa comedia fue estrenada en Londres por la compañía que regentaba Mr. George Alexander, la noche del 14 de febrero de 1895, en el pequeño y elegante teatro de St. James.

Wilde la tituló *The importance of being earnest*, haciendo un gracioso juego con las palabras *earnest*, formal, serio, y *Earnest*, Ernesto, que suenan en inglés exactamente lo mismo, a pesar de su ortografía diferente. Y en realidad, como comprobará el lector en el curso de la comedia, para el protagonista (o más bien para los dos personajes centrales), es de suma importancia ser formales de carácter o ser Ernestos de nombre.

Comedia trivial para gente seria la subtituló Wilde. Nosotros añadiríamos: para gente seria que sepa sonreír. Esta es la comedia de la sonrisa. Wilde sabía que ahí está todo, en saber sonreír. Su finura literaria se revela en que sabe buscar y hallar la sonrisa. La risa en el teatro es provocada por un exceso, casi siempre chocarrero, de especias fuertes, ordinarias. Se debe a un retorcimiento del autor o del actor. Los animales tienen una alegría ruidosa, aunque se dice que no ríen nunca (lo cual es una fábula), y que eso los diferencia esencialmente de los seres racionales. ¡Qué no será la sonrisa, que nos diferencia a los hombres, unos de otros!

Comedia de equivocaciones o de

enredo, la llamaríamos también clásica-
mente. En *La importancia de ser formal* todo
ese grato humorismo tiene además un gran
interés para nosotros. En esta obra sonrió,
acaso por última vez, Wilde. A los tres
meses y días de su estreno, que constituyó
un éxito aparte (aun en pleno éxito general
e incesante de su autor), el 25 de mayo de
ese mismo año, un sábado, día del aque-
larre, Wilde fue declarado culpable, en
aquel proceso turbio y cenagoso, promo-
vido por el padre de lord Alfredo Douglas,
el ensañado marqués de Queensberry, y
condenado, con no muy clara justicia, a
dos terribles años de trabajos forzados,
pena que cumplió íntegramente en la cárcel
de Reading, como sabe el lector.

Wilde asistió, ya en pleno desarrollo
de los sucesos que iban a envolverle en una
red de ignominias, a los ensayos de *La
importancia de ser formal*.

El día del estreno, las personas de
la intimidad del autor, enteradas de las cartas amenazadoras que le había dirigido
Queensberry, pasaron momentos de desagradable expectación. El marqués intentó
penetrar en el teatro y se lo impidieron. Y
el palco en que se hallaban sus amigos, una
aristocrática partida de la *porra*, estuvo
vigilado durante toda ta representación.
Pudo evitarse el escándalo, aunque lord
Queensberry creyó vengarse puerilmente,
mandando a Wilde al teatro un gran
manojo de hortalizas.

Días después del estreno, el 18 de
febrero, el marqués se presentó en el
aristocrático Albemarle Club (del cual eran
socios Wilde y su esposa), y ausente aquél
de Londres le dejó una tarjeta respaldada
con un sucio insulto.

Wilde pasó de escribir esta comedia
regocijante, última muestra de su apogeo

literario, a vivir pocos meses después, con el clownesco uniforme de recluso, la tragedia de la cárcel, que le aniquiló. Esta fue, pues, repetimos, su última sonrisa ante las cuartillas.

Como dice Arthur Ransome, uno de sus biógrafos y críticos: «*La importancia de ser formal*, la más trivial de las comedias mundanas, es una de las que producen ese placer intelectual por el que reconocemos lo bello.» Y añade más adelante: «La risa ligera de esta comedia se debe a la radioactividad de la obra misma, y no a unos gusanos de luz, colocados incongruentemente en su superficie. En ella nos sentimos despojados de nuestra envoltura corporal y compartimos con Wilde el placer de retozar en el mundo de la cuarta dimensión.»

Cecil Georges Bazile, otro de sus biógrafos (recientemente fallecido), escribe: «Esta comedia introdujo en Inglaterra la fórmula moderna del teatro contemporáneo. Se acabaron las groseras adaptaciones francesas o alemanas, se acabaron los melodramas vulgares que abrumaban la escena británica. Oscar Wilde substituyó todo esto por la comedia moderna en el sentido más estricto de la palabra. La sátira se mezcla con un diálogo deslumbrante en el que brotan las frases ingeniosas y las paradojas.» ¡Gran preparador del terreno teatral, gran precursor de los comediógrafos que luego habían de florecer, Bernard Shaw entre otros!

El mismo lord Alfredo Douglas, en su libro *Oscar Wilde y yo*, tan rencorosamente femenil, se ve forzado a reconocer que: «*La importancia de ser formal* fue un éxito que dio más dinero y más gloria a Wilde que ninguna otra de sus obras». «Todo Londres fue a verla», añade.

El valor de esta comedia se prueba igualmente, como decíamos refiriéndonos a *Una mujer sin importancia*, por el hecho de que estas obras wildeanas no pierden nunca su aroma de modernidad, son siempre jóvenes. El lector hallará en ésta ese tono original, ese ambiente de distinción tan naturalmente conseguidos por Wilde. Verá desfilar esos dos tipos de muchachitas casaderas, Cecilia y Gundelinda, gazmoñas deliciosamente enteradas. Saboreará la cómica solemnidad de lady Bracknell con sus ideas humorísticamente singulares, pero fijas. Conocerá a Jack y a Algernon, muchachos graciosamente abúlicos, cínicos y románticos al mismo tiempo, ex colegiales de Oxford o de Cambridge, que empiezan a vivir en el mundo. Tipos de una inteligencia simpática, mimados por la fortuna. ¡Qué lección la de estos personajes frívolos, pero finamente agudos, para la juventud aristocrática que vemos actualmente, huera y antipática la mayoría de las veces, y perdida, perdida para siempre a todo cuanto signifique agilidad mental, ejercicio artístico del pensamiento! Conocerá también el lector a Lane, el criado, tipo que destila humorismo, concentrado, lacónico. A Lane, hermano de ficción de Phipps, el otro ayuda de cámara de lord Goring el admirable, a quien ya conoce el público.

Sólo oyendo hablar a estos personajes, que luego recordaremos ya siempre, puede uno con perfecta precisión componer sus retratos físicos y morales. Aunque también sea el teatro wildeano teatro de acción, de trama interesante; buena prueba de ello es que, precisamente en estos días, el público parisiense admira complacido y la crítica francesa señala con encomio la proyección de la película, basada en *El abanico de lady Windermere*, cuyo arreglo cinematográfico ha sido hecho por un importante director artístico germano-yanqui. Y hace ya años se proyectó también en París la película de *El retrato de Dorian Gray*. Hay además en estas comedias una frivolidad (esa frivolidad que tanto alabó Wilde frente al efectista y serio trascendentalismo, muy siglo XIX sobre todo), que por obra mágica de su arte se eleva hasta una verdadera filosofía de la vida *smart*, esa vida que puede ser un ambiente propicio al arte, precisamente por su desconocimiento y su alejamiento de la fea lucha por la existencia que sofoca, adultera y deshace temperamentos.

¡Qué buen sabor de boca dejan estos tres actos optimistas, llenos de enredos y de gracia, donde entre la charla chispeante surge con naturalidad la observación certera y original! ¡Y qué modelo proporciona Wilde (haciendo desde la altura privilegiada de su personalidad polifacética un juego, pero fino y artístico, de su talento) a los confeccionadores impunes

y metalizados del entontecedor y aún no
fenecido *astracán*, que figura en algunos
teatros españoles, incorporado al reper-
torio, estorbando la entrada de obras
dignas, que orienten y vayan educando a
nuestros grandes públicos!